W0399082

ARCHE

Jürg Amann

VATER, WARUM HAST DU MICH VERLASSEN

Die Autobiografie Jesu Christi

ARCHE

»Seht, ein Mensch!«
Johannes-Evangelium

I

Ich, Jesus von Nazareth, bin als Kuckuckskind im Jahr Null zwischen den Jahren vor mir und den Jahren nach mir in Bethlehem geboren. Das war so: Meine Mutter, Maria, war von unbekannter Seite schwanger, noch bevor ihr Verlobter, Josef, sie zu sich holte. Da gedachte er, sich von ihr zu trennen. Sie aber kam ihm mit der folgenden Erklärung:

Ein Engel sei bei ihr eingetreten und habe zu ihr gesprochen. Sei gegrüßt, du Begnadete, der Herr ist mit dir! Sie aber sei erschrocken über die Anrede und habe gedacht: Was für ein Gruß ist das? Und der Engel sprach zu ihr: Fürchte dich nicht, Maria, du hast Gnade vor Gott gefunden. Siehe, du wirst schwanger werden und einen Sohn gebären, und du sollst ihm den Namen Jesus geben. Er wird ein Großer sein und Sohn des Höchsten genannt werden, Gott wird ihm einen Thron bereiten, und sein Reich wird kein Ende haben. Da sprach Maria zum Engel: Wie soll das gehen, da ich noch keinen Mann erkenne? Und der Engel antwortete: Der Heilige Geist wird über dich kommen, und die Kraft des Höchsten wird dich übermannen. Darum wird auch das Heilige, das aus dir geboren wird, Gottes Sohn genannt werden. Denn bei Gott ist kein Ding unmöglich. Maria aber sprach: Ich bin die Magd des Herrn, mir geschehe nach deinem Wort. Und der Engel verließ sie.

Das erzählte sie, auch später, immer wieder; so habe ich es mir gemerkt. Da fragte Josef, mein Ziehvater, der ein einfacher Schreiner war, nicht länger nach und nahm sie als seine Frau zu sich. Er wollte ihr die Schande ersparen.

II

Es begab sich aber zu der Zeit, dass ein Befehl von Kaiser Augustus ausging, es solle sich das ganze Römerreich in die Steuerlisten aufnehmen lassen. Dies war die erste Schätzung überhaupt, sie wurde durch Quirinius, den Statthalter von Syrien, vollzogen. Und alle gingen hin, um sich eintragen zu lassen, jeder in seine Stadt.

So ging auch Josef von Galiläa aus der Stadt Nazareth nach Judäa hinauf in die Stadt Davids, die Bethlehem heißt – denn er war aus dem Haus und Geschlecht Davids –, um sich mit Maria, seiner angetrauten Frau, die schwanger war, schätzen zu lassen. Aber als sie dort waren, erfüllte sich die Zeit, dass sie niederkommen sollte. Und sie gebar ihren ersten Sohn und wickelte ihn in Windeln und legte ihn in eine Krippe; denn sie hatten sonst keinen Raum in der Herberge.

So hat sie es mir später erzählt. Und als ich geboren war in Bethlehem in Judäa zur Zeit des Königs Herodes, da kamen Weise aus dem Morgenland nach Jerusalem und fragten: Wo ist der neugeborene König der Juden? Wir haben nämlich seinen Stern aufgehen sehen und sind gekommen, um ihm unsere Ehrerbietung zu erweisen. Als der König Herodes das hörte, erschrak er, und mit ihm ganz Jerusalem. Und er ließ alle Hohepriester und Schriftgelehrten des Landes zusammenkommen, um sich bei ihnen kundig zu machen, wo der Messias geboren werden sollte. Sie sagten ihm: In Bethlehem in Judäa, so steht es bei den Propheten. Da ließ Herodes die Weisen wieder zu sich kommen, und er schickte sie nach Bethlehem. Geht hin und forscht nach dem Kind, sagte er, und wenn ihr es gefunden habt, meldet es mir, damit auch ich komme und es verehre. Und sie machten sich auf den Weg, und siehe, der Stern, den sie schon im Morgenland gesehen hatten, zog vor ihnen her, bis er über dem Ort stehen blieb, an dem sie das Kind mit seiner Mutter Maria fanden. Da fielen sie auf die Knie und erwiesen ihm ihre Reverenz. Sie öffneten ihre Taschen und schenkten ihm Gold, Weihrauch und Myrrhe. Und da ihnen Gott im Traum befahl, sich nicht wieder bei Herodes einzufinden, schlugen sie einen anderen Weg ein, um in ihr Land zurückzukehren.

III

Als sie fortgezogen waren, erschien der Engel des Herrn auch Josef im Traum und sprach: Steh auf, nimm das Kind und seine Mutter, und flieh mit ihnen nach Ägypten, bleib dort, bis ich es dir sage! Denn Herodes wird das Kind suchen, um es zu töten. Und Josef stand auf, nahm Kind und Mutter und brach mit ihnen noch in der Nacht auf nach Ägypten. Dort blieb er, wie der Engel es ihm befohlen hatte, damit erfüllt würde, was der Herr durch den Propheten gesagt hat: »Aus Ägypten habe ich meinen Sohn gerufen!«

Als nun Herodes erkannte, dass er von den Weisen betrogen war, wurde er zornig und sandte seine Leute aus und ließ in Bethlehem und in der ganzen Umgebung alle Knaben unter zwei Jahren umbringen, gemäß dem Zeitrahmen, den er von den Gelehrten aufgrund der Sterne erfragt hatte. So vollzog sich, was geschrieben steht beim Propheten Jeremias: »Man hat ein Geschrei gehört in Rama, viel Weinen und Wehklagen: Rahel beweint ihre Kinder und will sich nicht trösten lassen, da sie nicht mehr sind.«

Als aber Herodes gestorben war, erschien der Engel des Herrn dem Josef wieder im Traum und sprach: Steh auf, nimm das Kind und seine Mutter, und zieh mit ihnen in das Land Israel zurück; die dem Knaben nach dem Leben getrachtet haben, sind tot! Da stand Josef auf, nahm Kind und Mutter und ging mit ihnen in das Land Israel zurück. Als er aber hörte, dass nun der Sohn des Herodes anstelle des Vaters in Judäa König war, fürchtete er sich und zog weiter ins galiläische Land, wieder nach Nazareth. So ist es mir von ihm erzählt worden.

IV

Schon als die Zeit meiner Beschneidung gekommen war, hatte man mir den Namen Jesus gegeben, wie er meiner Mutter vom Engel genannt worden war, noch bevor sie mich empfangen hatte, wenn es so stimmt, wie sie es immer erzählt hat.

Und als die Zeit dafür gekommen war, brachten sie mich nach Jerusalem in den Tempel, um mich Gott darzubringen, wie es im Gesetz steht: Jedes Männliche, das als Erstgeborenes durch den Mutterschoß zur Welt kommt, soll Gott gewidmet sein und Gott gehören. Dem Gesetz gemäß und wie es Brauch ist, waren das Opfer zwei junge Tauben.

Im Tempel war auch ein alter Mann, mit Namen Simeon, dem war vom Heiligen Geist eingesagt worden, er werde den Tod nicht sehen, bevor er nicht auch Christus, den Trost und Erlöser Israels, von Angesicht zu Angesicht gesehen habe. Der trat nun hinzu, nahm mich auf seine Arme, lobte Gott und sprach: Herr, lass deinen Diener nun in Frieden sterben, wie du gesagt hast; denn meine Augen haben den Heiland gesehen, den du bereitet hast allen Völkern, ein Licht, zu erleuchten die Heiden, und zum Preis deines Volkes Israel.

Meine Mutter und mein Vater wunderten sich über das, was da von mir gesagt wurde. Und Simeon segnete sie und sprach zu Maria: Sieh, er ist bestimmt zum Sturz und zur Erhebung vieler in Israel, zum Zeichen, das Widerspruch auslöst. Und nicht nur er wird leiden, auch durch deine Seele wird ein Schwert dringen, die Geister werden sich an ihm scheiden.

Es war da auch eine Prophetin, Hanna, eine Tochter Phanuels, aus dem Stamm Asser. Sie war hochbetagt. Sie hatte nach ihrer Heirat sieben Jahre mit ihrem Mann gelebt und war nun eine Witwe von vierundachtzig Jahren. Sie verließ den Tempel nie, sie betete und fastete Tag und Nacht. Die trat nun auch hinzu. Sie pries Gott und redete von ihm zu allen, die zu dieser Stunde anwesend waren und auf die Erlösung Israels warteten.

Als alles im Tempel nach Brauch und Gesetz erfüllt war, kehrten wir wieder heim nach Galiläa in unsere Stadt Nazareth. Ich wuchs und wurde stark und klug, und die Gnade Gottes war bei mir; so sagte man.

V

Jedes Jahr zum Passafest gingen meine Eltern hinauf nach Jerusalem. Als ich zwölf Jahre alt geworden war, nahmen sie mich mit. Als die Festtage vorüber waren, kehrten sie wieder heim, und ich blieb in Jerusalem zurück, ohne dass sie es merkten. Sie glaubten, ich sei bei den Reisegefährten, und suchten mich, nachdem sie schon eine Tagereise weit gekommen waren, unter den Verwandten und Bekannten. Weil sie mich nicht fanden, kehrten sie wieder nach Jerusalem um und suchten mich da. Nach drei Tagen fanden sie mich, im Tempel, mitten unter den Gelehrten, denen ich zuhörte und denen ich Fragen stellte. Und alle, die mich hörten, wunderten sich über meine Klugheit und meine Antworten, wenn ich etwas gefragt wurde.

Als mich die Eltern so sahen, empörten sie sich, und meine Mutter sagte: Sohn, warum hast du uns das angetan? Sieh, dein Vater und ich suchten dich im Schmerz. Aber ich antwortete: Warum habt ihr mich gesucht? Wusstet ihr denn nicht, dass ich in dem sein muss, was meines wahren Vaters ist? Doch sie verstanden nicht, was ich ihnen damit sagen wollte, oder sie wollten es nicht verstehen. So zog ich mit ihnen wieder hinab nach Nazareth und war dort ihr folgsamer Sohn. Ich nahm zu an Alter, Weisheit und Gnade bei Gott und den Menschen. Meine Mutter aber bewahrte meine Worte in ihrem Herzen, und noch lange kam sie später immer wieder darauf zurück.

VI

In Nazareth, wo ich aufgewachsen war, ging ich nach meiner Gewohnheit am Sabbat in die Synagoge. Nun stand ich einmal auf und wollte selber lesen. Da wurde mir das Buch des Propheten Jesaja gereicht. Und als ich das Buch aufschlug, war es an der Stelle, an der geschrieben steht: »Der Geist des Herrn wohnt in mir; er hat mich gesalbt, zu verkünden das Evangelium den Armen, dass sie reich sein werden; er hat mich gesandt, zu predigen den Gefangenen, dass sie frei sein werden, den Blinden, dass sie sehen werden, den Geschundenen, dass sie befreit und erlöst werden sollen; anzukündigen das Jahr der Gnade des Herrn.«

Laut las ich es vor. Und als ich das Buch zuschlug, es dem Diener zurückgab und mich wieder setzte, sahen in der Synagoge aller Augen auf mich, sodass ich anfing, zu ihnen zu reden:

Heute hat sich dieses Wort der Schrift erfüllt, vor euren Ohren, sagte ich.

Und sie bezeugten es sich untereinander. Aber sie wunderten sich, dass solche Gnadenworte aus meinem Mund kommen sollten. Darum fragten sie: Bist du nicht Josefs, des Schreiners, Sohn? Ich antwortete: Wahrlich, ich sage euch, kein Prophet gilt etwas in seinem Vaterland!

Und alle, die in der Synagoge waren, wurden von Zorn erfüllt, als sie mich so reden hörten. Und sie erhoben sich und stießen mich gewaltsam hinaus und den Hang des Berges hinauf, an den unsere Stadt gebaut war, um mich von dort hinabzustoßen. Aber mitten durch sie hindurch ging ich von ihnen weg.

VII

Im fünfzehnten Jahr der Herrschaft des Kaisers Tiberius, als Pontius Pilatus Statthalter in Judäa war, da erging der Ruf Gottes an Johannes, den Sohn des Zacharias, zu predigen und zu taufen. Und er kam auch in die Gegend um den Jordan am Rand der Wüste und predigte die Taufe zur Vergebung der Sünden und sprach: Tut Buße, denn das Himmelreich ist nahe! Denn er war es, von dem der Prophet Jesaja gesagt hat: »Es ist die Stimme eines Predigers in der Wüste, die spricht: Bereitet den Weg des Herrn, und macht seine Pfade eben! Die Täler sollen aufgeschüttet, die Berge und Hügel abgetragen, was krumm ist, soll gerade, was steil ist, soll flach werden. Und alle Menschen werden den Heiland sehen.«

Alles Volk ging zu ihm hinaus, aus der Stadt Jerusalem, aus ganz Judäa, aus allen Ländern am Jordan. Sie ließen sich taufen von ihm und bekannten ihre Sünden. Johannes sprach zu ihnen: Seid euch nicht zu sicher, dass ihr auch in Zukunft dem Zorn entgeht. Es reicht nicht, wenn ihr sagt: Wir haben Abraham zum Vater. Ich sage euch: Gott kann dem Abraham aus diesen Steinen neue Kinder erwecken. Und die Axt ist den Bäumen schon an die Wurzel gelegt. Jeder Baum, der keine gute Frucht bringt, wird geschlagen und ins Feuer geworfen. Seht also zu, dass ihr gute Frucht bringt!

Und sie fragten ihn: Was sollen wir also tun? Er antwortete: Wer zwei Hemden hat, der gebe eines dem, der keines hat; und mit dem Essen macht ihr es ebenso. Es kamen auch Zöllner, um sich taufen zu lassen; sie fragten: Was sollen denn wir tun? Er antwortete: Fordert nicht mehr, als ihr müsst. Und da waren auch Soldaten, die fragten; und er sagte zu ihnen: Tut niemandem Gewalt an oder Unrecht, lasst es euch genügen an eurem Sold!

Das Volk war voll Erwartung, und alle fragten sich, ob er vielleicht Christus wäre. Johannes aber sprach: Ich bin es nicht; ich bereite ihm nur den Weg. Ich taufe euch mit Wasser; es kommt aber einer, der ist stärker als ich, und ich bin nicht wert, dass ich mich vor ihm bücke und ihm die Riemen seiner Schuhe löse, der wird euch mit dem Heiligen Geist und mit Feuer taufen! In seiner Hand ist der Dreschflegel, mit dem er die Spreu vom Weizen trennt; er wird seine Tenne fegen, den Weizen wird er in seine Scheune sammeln, die Spreu aber wird er verbrennen! Und noch mit vielem anderen mehr ermahnte er das Volk und verkündigte er ihm das Heil.

VIII

Auch ich kam zu jener Zeit aus Galiläa an den Jordan, um mich von Johannes taufen zu lassen. Aber Johannes wehrte sich und sprach: Ich bin es, der von dir getauft werden müsste, und du kommst zu mir? Ich jedoch antwortete: Lass es geschehen, damit sich alles erfülle, was recht ist. Da ließ er es geschehen und taufte mich mit dem Wasser des Jordans.

Und als ich getauft war und vom Wasser wieder heraufstieg, da tat sich der Himmel über mir auf und ich sah den Geist Gottes wie eine Taube herabschweben und über mich kommen. Und aus dem Himmel sprach eine Stimme: Dies ist mein viel geliebter Sohn, an dem ich mein Wohlgefallen habe.

Und Johannes gab Zeugnis davon und rief: Dieser war es, von dem ich gesagt habe: Nach mir wird einer kommen, der vor mir gewesen ist, denn er war eher als ich! Das ist das Lamm Gottes, das die Sünden der Welt auf sich nimmt! Ich sah, dass der Geist vom Himmel wie eine Taube auf ihn herabfuhr und bei ihm blieb. Ich kannte ihn vorher nicht. Aber der, der mich ausschickte, mit Wasser zu taufen, der sagte zu mir: Auf wen du den Geist herabfahren siehst und dann bei ihm bleiben, der ist es, der mit dem Heiligen Geist taufen wird. Ich habe es gesehen und bezeugt: Dieser ist Gottes Sohn.

IX

Daraufhin ging ich voll des Heiligen Geistes in die Wüste, um zu fasten, vierzig Tage und Nächte lang. Und als ich vierzig Tage und vierzig Nächte gefastet hatte, hungerte mich. Da trat ein Versucher an mich heran und sprach: Wenn du Gottes Sohn bist, so mach, dass diese Steine zu Brot werden! Aber ich antwortete: Es steht doch geschrieben, dass der Mensch nicht vom Brot allein lebt, sondern von jedem Wort, das aus dem Mund Gottes kommt.

Da nahm mich der Verführer mit in die Heilige Stadt, führte mich auf die Zinne des Tempels und sprach: Wenn du Gottes Sohn bist, wirf dich hinab. Es steht ja geschrieben: »Er wird seinen Engeln befehlen, dich auf Händen zu tragen, damit dein Fuß nirgends anstößt!« Da sagte ich zu ihm: Es steht auch geschrieben: »Du sollst den Herrn, deinen Gott, nicht versuchen.«

Darauf führte er mich auf einen sehr hohen Berg und zeigte mir alle umliegenden Reiche der Welt mit ihrer ganzen Herrlichkeit, und er sprach zu mir: Das alles will ich dir geben, wenn du niederfällst vor mir und mich anbetest! Ich jedoch antwortete: Fort von mir, Satan! Denn es steht geschrieben: »Du sollst anbeten den Herrn, deinen Gott, und ihm allein sollst du dienen.« Da ließ er von mir ab.

X

Ich ging wieder zurück. Und als ich zum Jordan kam, war Johannes immer noch da, mit zweien seiner Jünger. Als er mich vorübergehen sah, sagte er zu ihnen: Seht, das ist das Lamm Gottes, von dem ich euch gesprochen habe! Die zwei Jünger hörten es und folgten mir. Und als ich sah, dass sie hinter mir hergingen, wandte ich mich zu ihnen um und fragte sie, was sie suchten? Sie aber antworteten: Meister, wo ist dein Zuhause? Da gab ich zur Antwort: Kommt mit, und seht selbst! Und sie kamen mit und blieben.

Einer von den beiden, die bei Johannes gewesen waren, war Andreas, der Bruder des Simon, der auch Petrus oder Kephas geheißen wurde, das heißt: Fels. Als wir am Galiläischen Meer entlanggingen, trafen wir auf ihn, und Andreas sagte zu ihm: Wir haben den Messias gefunden; das heißt übersetzt: den Gesalbten. Er führte ihn zu mir hin. Sie waren Fischer, sie warfen im Meer ihre Netze aus. Aber ich sagte zu ihnen: Lasst eure Netze, folgt mir, ich will euch zu Menschenfischern machen! Sogleich ließen sie ihre Netze und folgten mir nach. Und als wir ein wenig weiter waren, trafen wir auf Jakobus, den Sohn des Zebedäus, und Johannes, seinen Bruder, sie flickten im Boot ihre Netze. Auch sie rief ich zu mir. Sogleich überließen sie ihr Boot ihrem Vater und folgten mir nach. Und weitere kamen dazu. Auch einige Frauen.

Als ich nun hörte, dass Johannes, der Täufer, gefangen gesetzt worden war, blieb ich in Galiläa. Ich verließ Nazareth und wohnte in Kapernaum. So erfüllte sich das Wort des Propheten Jesaja, das da sagt: »Das Land Sebulon und das Land Naftali, das Land am Meer, das Land jenseits des Jordans, das heidnische Galiläa, das Volk, das in Finsternis saß, hat ein großes Licht gesehen; denen, die saßen am Ort und im Schatten des Todes, ist ein helles Licht aufgegangen.«

Ich fing an zu predigen, wie Johannes gepredigt hatte: Tut Buße, denn das Himmelreich ist nahe!

XI

In jenen Tagen war in Kanaan eine Hochzeit, auf der auch meine Mutter und meine Brüder waren. Auch ich und meine Jünger waren geladen. Es wurde viel getrunken, und als der Wein ausging, kam meine Mutter zu mir und sagte: Sie haben keinen Wein mehr! Ich aber antwortete: Was geht es dich an, und was geht es mich an? Kann ich denn zaubern? Kann ich denn Wunder wirken? Meine Stunde ist noch nicht gekommen! Aber die Mutter sprach zu den Dienern: Was er euch sagt, das tut!

Es standen dort sechs steinerne Wasserkrüge, für die Reinigung, nach jüdischer Sitte, und in jeden von ihnen gingen zwei oder drei Maß. Da sagte ich in Gottes Namen zu den Dienern: Füllt die Krüge mit Wasser! Sie füllten sie bis obenhin. Und ich sagte: Nun bringt dem Speisemeister davon! Und sie brachten ihm etwas davon. Als aber der Speisemeister und Vortrinker den Wein kostete, der kein Wein, sondern Wasser war, und nicht wusste, woher er kam, rief er den Bräutigam zu sich und machte ihm Vorhaltungen. Jedermann schenkt zuerst den guten Wein aus, sagte er, und erst wenn alle trunken sind, den schlechteren, nicht umgekehrt; du aber hast den guten Wein bis jetzt zurückgehalten!

So kam ich zu meinem ersten Wunder. Meine Jünger nahmen es als Zeichen und glaubten an mich. Auch sie hatten getrunken. Danach blieben wir nicht mehr lange und verließen das Fest.

XII

Ich zog nun umher in ganz Galiläa, lehrte in ihren Synagogen, ich predigte das Evangelium, die Frohbotschaft vom Reich Gottes. Und die Kunde davon erscholl durch ganz Syrien. Und sie brachten mir ihre Kranken, mit mancherlei Leiden und Plagen behaftet, Besessene, Mondsüchtige, Gelähmte, und ich heilte sie, so gut ich es konnte; denn es ging Kraft von mir aus. Und es folgte mir eine große Menge aus Galiläa, aus den Zehn Städten, aus Jerusalem, aus Judäa und von jenseits des Jordans.

Als ich aber nach Kapernaum hineinging, trat ein Hauptmann vor mich hin, der bat mich: Herr, mein Knecht liegt zu Hause, er ist gelähmt und leidet große Qualen. Da sagte ich: Ich will kommen und ihn gesund machen. Aber der Hauptmann antwortete: Herr, ich bin nicht würdig, dass du eingehst unter mein Dach, aber sprich nur ein Wort, so wird mein Knecht gesund. Als ich das hörte, wunderte ich mich und sprach zu denen, die ihm gefolgt waren: Einen solchen Glauben habe ich bisher wahrlich bei keinem gefunden. Und zum Hauptmann sagte ich: Geh nach Hause, dir geschehe, wie du geglaubt hast.

Und ich kam in das Haus des Petrus und sah, dass dessen Schwiegermutter mit Fieber zu Bett lag. Da nahm ich ihre Hand, und das Fieber verließ sie. Und sie stand auf und bewirtete mich.

Ich bestieg das Boot und kam ans andere Ufer, in die Gegend der Gadarener. Dort liefen mir zwei Besessene entgegen; die wohnten in den Grabhöhlen und waren sehr gefährlich, sodass man die Straße nicht gehen konnte. Sie schrien: Was willst du von uns, du Sohn Gottes? Bist du gekommen, um uns zu quälen, schon vor der Zeit? Fernab war eine große Sauherde auf der Weide. Da flehten mich die bösen Geister in den Besessenen an: Willst du uns austreiben, so lass uns in die Säue fahren! Ich sagte: Fahrt aus! Und sie fuhren aus und in die Säue. Die ganze Herde stürmte den Abhang hinunter in den See, und sie ersoff im Wasser. Die Hirten flohen und gingen in die Stadt und berichteten das alles und wie es den Besessenen ergangen war. Da kamen viele vor die Stadt hinaus mir entgegen und baten mich, ihr Gebiet zu verlassen.

Aber als ich vom Berg herab ging, folgte mir eine große Menge, unter ihnen ein Aussätziger, der kam heran, fiel vor mir nieder und sagte: Herr, wenn du willst, kannst du mich reinigen. Ich streckte die Hand aus, berührte ihn und sagte: Ich will es; sei rein! Und sogleich fielen die Spuren des Aussatzes von ihm ab. Ich sagte zu ihm: Sieh zu, dass du es niemandem sagst, nur dem Priester zeige dich, und eine Opfergabe bring dar.

Ich stieg wieder ins Boot, fuhr hinüber und kam wieder in meine Stadt. Dort brachten sie einen Gelähmten zu mir, auf einem Bett. Als ich ihren Glauben sah, sagte ich zum Gelähmten: Sei getrost, deine Sünden sind dir vergeben. Ein paar Schriftgelehrte, die es hörten, sprachen untereinander: Er lästert Gott. Aber ich fragte sie: Warum denkt ihr böse von mir? Ist es nicht leichter, einem Gelähmten zu sagen: Dir sind deine Sünden vergeben, als: Steh auf und gehe? Um ihnen meine Macht zu demonstrieren, sprach ich aber zum Gelähmten: Steh auf, nimm dein Bett und geh damit heim! Und er stand auf und ging heim.

Da näherte sich einer der Gemeindevorsteher, der das gesehen hatte, fiel vor mir nieder und sprach: Meine Tochter ist eben gestorben, komm und leg ihr die Hand auf, damit sie wieder lebe! Und ich stand auf und folgte ihm. Unterwegs trat eine Frau, die unter Blutfluss litt, von hinten an mich heran und berührte den Saum meines Gewandes. Wenn ich nur sein Gewand berühre, so werde ich gesund, hörte ich sie zu sich sagen. Ich wandte mich zu ihr um und sagte: Sei getrost, dein Glaube hat dir geholfen. Als ich aber in das Haus des Vorstehers kam und die ganze Trauergemeinde sah, sprach ich: Geht hinaus; das Mädchen ist nicht gestorben, es schläft! Da lachten sie mich noch aus. Als sie aber draußen waren, ergriff ich die Hand des Mädchens, und das Mädchen stand auf. Das machte die Runde durchs ganze Land.

Als ich von dort weiterging, folgten mir zwei Blinde, die mir nachschrien: Erbarme dich unser! Ich blieb stehen und fragte sie: Glaubt ihr denn, dass ich das kann? Und sie antworteten: Ja, Herr. Da berührte ich ihre Augen und sprach: Euch geschehe nach eurem Glauben! Und die Augen gingen ihnen auf. Ich drohte ihnen und sagte: Seht zu, dass es niemand erfährt! Sie aber verbreiteten die Kunde davon über das ganze Land, sodass ich hinfort kaum mehr öffentlich in eine Stadt gehen konnte, sondern draußen bleiben musste, an einsamen Orten.

Und doch kamen sie zu mir, von überall her. Als die beiden gegangen waren, brachte man mir einen, der war von Stummheit besessen. Als aber der böse Geist ausgetrieben war, redete der Stumme wieder.

Nun brachten sie mir einen, der taub und stumm war, und baten mich, ihm die Hand aufzulegen. Ich legte ihm die Finger in die Ohren, berührte seine Zunge mit meinem Speichel und sprach: Tu dich auf! Sogleich gingen ihm seine Ohren auf, die Fessel seiner Zunge löste sich, und er sprach vollkommen richtig.

Und wieder brachten sie einen Blinden und baten mich, ihn zu berühren. Ich nahm ihn bei der Hand, führte ihn, strich Speichel auf seine Augen und fragte ihn: Siehst du etwas? Er sah sich um und sagte: Ich sehe die Menschen, als sähe ich Bäume herumgehen. Da legte ich meine Hände nochmals auf seine Augen. Ich fragte ihn wieder: Was siehst du? Nun sah er alles deutlich und scharf; und ich schickte ihn heim.

Solches geschah noch vieles. Ich gebot denen, die dabei waren, sie sollten es niemandem sagen. Je mehr ich es ihnen aber verbot, desto mehr breiteten sie alles aus.

Da ging ich weg und zog mich zurück in die Gegend von Tyrus und Sidon. Aber eine Frau aus der Gegend kam auch dort auf mich zu, warf sich vor mir nieder und schrie: Herr, erbarme dich meiner! Meine Tochter wird von einem bösen Geist geplagt. Zuerst antwortete ich nicht. Aber sie schrie wieder: Herr, hilf! Da sagte ich: Es ist nicht recht, dass man sein Brot vor die Hunde wirft. Sie aber antwortete: Und doch fressen die Hunde die Brosamen vom Tisch ihres Herrn! Da lenkte ich ein und sprach: Dein Glaube ist groß; dir geschehe, wie du es willst!

Ein andermal trat ein Mann an mich heran, fiel mir zu Füßen und bat: Herr, erbarme dich meines Sohnes, denn er ist mondsüchtig und hat schwer zu leiden; oft fällt er ins Feuer oder ins Wasser. Ich habe ihn zu deinen Jüngern gebracht, aber sie konnten ihm nicht helfen. Darüber ärgerte ich mich. Du ungläubiges, falsches Geschlecht, sagte ich: Wie lange muss ich denn bei euch bleiben? Bring ihn mir her! Ich besprach ihn; und der böse Geist fuhr aus ihm aus; der Knabe wurde gesund. Und meine Jünger kamen zu mir und fragten mich: Warum konnten wir ihm nicht helfen? Wegen eurer Kleingläubigkeit, antwortete ich.

Das Volk wunderte sich über all das; aber die Pharisäer und Schriftgelehrten und Hohepriester sagten: Er treibt den Teufel mit Beelzebub, dem obersten Teufel, aus. Ich aber sagte ihnen: Wenn der Teufel den Teufel austriebe, dann wäre er ja mit sich uneins, dann hätte er keine Macht. Die bösen Geister treibe ich mit dem Geist Gottes aus, denn sein Reich ist jetzt gekommen. Da fragten sie mich: Aus welcher Vollmacht tust du das, und wer hat dir diese Vollmacht gegeben? Ich antwortete: Ich will euch auch etwas fragen;

wenn ihr mir antwortet, will auch ich euch antworten: Woher war die Taufe des Johannes; kam sie vom Himmel oder von der Erde? Sie wogen ab und besprachen sich: Sagen wir, sie war vom Himmel, so wird er sagen: Warum habt ihr ihm dann nicht geglaubt? Sagen wir, sie war von der Erde, dann müssen wir das Volk fürchten, denn es hält Johannes für einen Propheten. Und sie antworteten mir: Wir wissen es nicht. Da antwortete ich: Dann sage auch ich euch nicht, aus welcher Vollmacht ich handle.

Und ich fuhr wieder hinüber und ging in Genezareth an Land. Und als mich die Leute erkannten, brachten sie wiederum alle Kranken zu mir und baten mich, dass sie nur den Saum meines Gewandes berühren dürften; und alle, die ihn berührten, wurden gesund.

Von da ging ich weiter ans Galiläische Meer, auf einen Berg, dort setzte ich mich. Und es kam eine große Menge Menschen, die führten Gelähmte, Verkrüppelte, Blinde, Stumme und viele andere Kranke mit sich, die legten sie mir zu Füßen, und ich heilte sie. Und das Volk wunderte sich, als sie sahen, dass die Stummen redeten, die Verkrüppelten gesund waren, die Gelähmten gingen und die Blinden sahen. Und sie priesen Gott.

Dies alles tat ich, um zu erfüllen, was geschrieben steht durch den Propheten Jesaja: »Unsere Schwäche hat er uns abgenommen, und unsere Krankheit hat er getragen.«

XIII

Einmal war ich mit meinen Jüngern im Boot, als sich ein gewaltiger Sturm erhob, sodass auch das Boot von Wellen überspült wurde. Ich schlief. Aber meine Jünger traten an mich heran und weckten mich und riefen: Herr, hilf, wir gehen unter! Aber ich sagte ihnen: Ihr Kleingläubigen, warum seid ihr so furchtsam? Ich stand auf und gebot dem Wind und dem Meer, und es wurde ganz still. Da wunderten sie sich, und sie fragten sich: Was ist das nur für ein Mensch, dass ihm Wind und Wasser gehorchen?

Wieder waren meine Jünger im Boot auf dem See. Sie waren mir vorausgefahren. Allein war ich am Ufer zurückgeblieben. Ich stieg auf einen Berg, um zu beten. Ihr Boot war schon weit vom Land entfernt, aber sie hatten Mühe, voranzukommen, denn der Wind stand ihnen entgegen. In der Zeit der vierten Nachtwache ging ich zu ihnen, über den See. Als sie mich kommen sahen, erschraken sie und riefen: Es ist ein Gespenst!, vor Furcht schrien sie. Aber sogleich redete ich sie an, ich sagte: Ich bin's; fürchtet euch nicht! Und Petrus antwortete mir, er rief: Herr, wenn du es bist, befiehl mir, zu dir zu kommen, über das Wasser! Ich rief zurück: So komm! Er stieg aus dem Boot, setzte seine Füße aufs Wasser und kam auf mich zu. Aber als er den starken Wind spürte, wurde er unsicher und begann zu sinken; er schrie: Herr, hilf mir! Sogleich ergriff ich ihn bei der Hand und sagte zu ihm: Du Kleingläubiger, warum hast du gezweifelt? Zusammen stiegen wir wieder ins Boot, und der Wind legte sich. Die aber im Boot waren, fielen vor mir nieder und sprachen: Du bist wahrhaftig Gottes Sohn!

Einmal, als sich eine Menge um mich drängte, am See Genezareth, sah ich zwei Boote am Ufer liegen, ich stieg in eines der Boote, das Simon Petrus gehörte, und bat ihn, mich ein wenig hinauszufahren, ich lehrte die Menge vom Boot aus. Als ich damit zu Ende war und ausstieg, sagte ich zu Simon: Fahrt hinaus, wo es tief ist, werft eure Netze zum Fang aus! Simon antwortete: Meister, wir haben die ganze Nacht gearbeitet und nichts gefangen; aber auf dein Wort hin will ich die Netze nochmals auswerfen. Sie taten es, und sie fingen eine große Anzahl Fische, sodass ihre Netze zu reißen begannen. Sie winkten ihre Gefährten heran, die im anderen Boot saßen, sie sollten kommen und ihnen helfen. Sie füllten beide Boote voll, sodass sie fast sanken, und brachten den Fang an Land. Und Simon Petrus fiel mir zu Füßen und sagte: Herr, geh von mir weg, denn ich bin ein sündiger Mensch! Ich aber sprach zu ihm: Von nun an wirst du Menschenfischer sein!

In der Zeit war es auch, dass ich wieder auf einen Berg ging, um zu beten, die Nacht über blieb ich im Gebet mit Gott. Erst als es Tag wurde, rief ich meine Jünger zu mir, und zwölf von ihnen wählte ich aus, die ich fortan meine Apostel nannte; die bei mir sein sollten, die ich zum Predigen aussenden wollte, denen ich die Vollmacht gab, zu lehren und die bösen Geister auszutreiben. Ich setzte die zwölf ein: Simon, den ich auch Petrus nannte; Andreas, seinen Bruder; Jakobus und Johannes; Philippus und Bartholomäus; Matthäus und Thomas; Jakobus, den Sohn des Alphäus, und Simon, genannt der Zelot; Judas, den Sohn des Jakobus, und Judas Iskariot, der mich dann verriet.

XIV

Ich ging mit ihnen hinab auf ein offenes Feld. Um uns war eine große Schar der Jünger und eine Menge Menschen aus ganz Judäa und Jerusalem und aus dem Küstenland von Tyrus und Sidon, die gekommen waren, um mich zu hören und von ihren Krankheiten geheilt zu werden. Als ich das viele Volk sah, wich ich zurück auf den Berg, meine Jünger mit mir, und das Volk folgte uns. Da löste sich mir die Zunge, und ich predigte zu ihnen.

Selig sind die Armen im Geiste; denn ihrer ist das Himmelreich, verkündete ich. Selig sind die Leidenden; denn sie sollen getröstet werden. Selig sind die Sanftmütigen; ihnen wird die Erde gehören. Selig sind, die nach Gerechtigkeit hungern; sie sollen satt werden. Selig sind die Barmherzigen; denn sie werden Barmherzigkeit erlangen. Selig sind, die reinen Herzens sind; sie werden Gott schauen. Selig sind die Friedfertigen; sie werden Kinder Gottes heißen. Selig sind, die um der Gerechtigkeit willen verfolgt werden; denn für sie ist der Himmel bereit. Und selig seid ihr, wenn euch die Menschen um meinetwillen schmähen und verleumden und Böses tun; seid fröhlich und getrost, es wird euch im Himmel gelohnt. Ebenso sind die Propheten verfolgt worden, die vor euch gewesen sind.

Euch, die ihr mir zuhört, euch sage ich: Ihr seid das Salz der Erde! Wenn aber das Salz nicht mehr salzt, wozu ist es nütze, außer zum Wegschütten? Ihr seid das Licht der Welt! Man zündet aber ein Licht nicht an, um es unter den Scheffel zu stellen, sondern auf einen Leuchter, so leuchtet es allen. So seid der Erde das Salz und der Welt das Licht.

Ich bin nicht gekommen, um das Gesetz oder die Prophezeiung aufzuheben, sondern um sie zu erfüllen. Denn wahrlich, ich sage euch: Ehe Himmel und Erde vergehen, wird nicht vergehen ein Buchstabe noch ein Punkt vom Gesetz, bis alles erfüllt ist.

Ihr habt gehört, dass den Alten gesagt worden ist: »Du sollst nicht töten!«; wer tötet, soll des Gerichts schuldig sein. Ich aber sage euch: Wer seinem Bruder zürnt, ist schon des Gerichts schuldig; und wer seinen Bruder beschimpft, ist des Hohen Rats schuldig; und wer seinen Bruder verhöhnt, der ist des höllischen Feuers schuldig.

Ihr habt gehört, dass gesagt worden ist: »Du sollst nicht ehebrechen!« Ich aber sage euch: Wer eine Frau nur ansieht mit Begehren, der hat im Herzen schon die Ehe dadurch gebrochen. Wenn dich aber dein Auge verführt, so reiß es aus, und wirf es von dir. Wenn dich deine Hand verführt, so hau sie ab, und wirf sie von dir. Es ist besser für dich, dass eines deiner Glieder verderbe, als dass du ganz in die Hölle fährst.

Ihr habt weiter gehört, dass den Alten gesagt worden ist: »Du sollst keinen falschen Eid schwören, und du sollst dem Herrn deinen Eid halten!« Ich aber sage euch, dass ihr überhaupt nicht schwören sollt, weder beim Himmel, denn er ist Gottes Thron, noch bei der Erde, denn sie ist der Schemel seiner Füße. Auch bei deinem Haupt sollst du nicht schwören, denn nicht ein einziges Haar darauf vermagst du weiß oder schwarz zu machen. Eure Rede sei nur: Ja, ja; oder: Nein, nein. Was darüber hinausgeht, ist von Übel.

Ihr habt gehört, dass gesagt ist: »Auge um Auge, Zahn um Zahn!« Ich aber sage euch, dass ihr dem Bösen keinen Widerpart geben sollt. Wenn dich jemand auf die rechte Backe schlägt, biete ihm auch die linke dar. Wenn dir jemand deinen Rock nehmen will, lass ihm auch den Mantel. Zwingt dich einer, eine Meile mit ihm zu gehen, geh zwei. Gib dem, der dich bittet; wende dich nicht ab von dem, der von dir borgen will.

Ihr habt auch gehört, dass es heißt: »Du sollst deinen Nächsten lieben und deinen Feind hassen!« Aber ich sage euch: Liebt eure Feinde, und bittet für die, die euch verfolgen. So seid ihr Kinder eures Vaters im Himmel; denn er lässt seine Sonne aufgehen über Böse und Gute und lässt es regnen über Gerechte und Ungerechte. Wenn ihr nur liebt, die euch lieben, und wenn ihr nur zu euren Brüdern freundlich seid, was tut ihr Besonderes? Das tun auch die Heiden. Ihr sollt aber vollkommen sein, wie der Vater im Himmel vollkommen ist.

Habt acht auf eure Frömmigkeit, übt sie nicht vor den Menschen, sonst ist sie nichts wert. Wenn ihr Almosen gebt, lasst es nicht ausposaunen, wie es die Heuchler tun; sie haben ihren Lohn schon gehabt. Wenn du Almosen gibst, lass deine Linke nicht wissen, was deine Rechte tut, damit deine Tat verborgen bleibt. Der Vater, der ins Verborgene sieht, wird sie dir vergelten.

Auch wenn ihr betet, sollt ihr nicht sein wie die Heuchler, die gern dabei von den Leuten gesehen werden. Ich sage euch, sie haben ihren Lohn schon gehabt. Geht zum Beten in eure Kammer, und schließt die Tür zu. Und wenn ihr betet, plappert nicht viel, wie die Heiden, die glauben erhört zu werden, wenn sie viele Worte machen; ihr sollt ihnen darin nicht gleichen. Der Vater weiß, was ihr braucht, bevor ihr ihn bittet.

So sollt ihr beten: Unser Vater im Himmel! Geheiligt werde dein Name. Dein Reich komme. Dein Wille geschehe, wie im Himmel so auf Erden. Unser tägliches Brot gib uns heute. Und vergib uns unsere Schuld, wie auch wir vergeben unseren Schuldnern. Und führe uns nicht in Versuchung, sondern erlöse uns von dem Bösen.

Denn wenn ihr den Menschen ihre Verfehlungen vergebt, so wird euch euer himmlischer Vater auch vergeben. Aber wenn ihr den Menschen nicht vergebt, wird euch der Vater auch nicht vergeben.

Wenn ihr fastet, sollt ihr nicht säuerlich dreinsehen, wie die Heuchler, die ihr Gesicht verstellen, um mit ihrem Fasten von den Leuten gesehen zu werden. Wenn ihr fastet, salbt euer Haar, und wascht euer Gesicht, damit euch die Leute das Fasten nicht ansehen, sondern nur euer Vater, der ins Verborgene sieht.

Auf Erden sollt ihr euch keine Schätze sammeln, wo sie die Motten und der Rost fressen und wo sie die Diebe stehlen. Sammelt euch Schätze im Himmel, wo sie weder Motten noch Rost fressen und wo die Diebe nicht einbrechen. Denn wo der Schatz ist, ist auch das Herz.

Niemand kann zwei Herren dienen. Entweder er wird den einen lieben und den anderen hassen, oder er wird den einen verachten und am anderen hängen. Ihr könnt nicht Gott dienen und dem Mammon.

Darum sage ich euch: Sorgt euch nicht um euer Leben, was ihr essen und trinken werdet; auch nicht um euren Leib, was ihr anziehen sollt. Ist nicht das Leben mehr als die Nahrung und der Leib mehr als die Kleidung? Seht nur die Vögel unter dem Himmel: Sie säen nicht, sie ernten nicht, sie sammeln nicht in die Scheunen, und der himmlische Vater ernährt sie doch. Seid ihr nicht mehr als sie? Und seht die Lilien auf dem Feld, wie sie wachsen: Sie arbeiten nicht, sie spinnen nicht, und doch ist Salomo in all seiner Herrlichkeit nicht gekleidet gewesen wie eine von ihnen. Wenn nun Gott das Kraut auf dem Feld so kleidet, das heute steht und morgen verbrannt wird, sollte er das nicht viel mehr auch für euch tun? Darum sorgt nicht; der himmlische Vater weiß, dass ihr all dessen bedürft. Trachtet zuerst nach dem Reich Gottes und nach seiner Gerechtigkeit, so wird euch das alles zufallen. Darum sorgt nicht für morgen, denn der morgige Tag wird für das Seine sorgen; es ist genug, dass jeder Tag seine eigene Sorge hat.

Richtet nicht, auf dass ihr nicht gerichtet werdet. Denn nach dem Recht, mit dem ihr richtet, werdet ihr gerichtet werden; und an dem Maß, mit dem ihr messt, werdet ihr gemessen werden. Was siehst du also den Splitter im Auge deines Bruders und nimmst den Balken in deinem Auge nicht wahr? Entferne zuerst den Balken aus deinem Auge, dann erst sieh zu, wie du den Splitter aus dem Auge deines Bruders ziehst.

Das Heilige sollt ihr nicht unter die Hunde bringen, und eure Perlen sollt ihr nicht vor die Säue werfen.

Bittet, so wird euch gegeben. Sucht, so werdet ihr finden. Klopft an, so wird euch aufgetan.

Wer wäre unter euch, der seinem Sohn, wenn der ihn um Brot bittet, einen Stein gäbe? Wenn er ihn um einen Fisch bittet, eine Schlange? Wenn aber ihr, die ihr böse seid, euren Kindern dennoch Gutes gebt, wie viel mehr wird der Vater im Himmel Gutes geben, denen, die ihn darum bitten!

Alles nun, was ihr wollt, dass euch die andern tun, das tut ihnen auch! Das ist das Gesetz und die Schrift.

Geht hinein durch die enge Pforte. Denn die weite Pforte und der breite Weg führen in die Verdammnis; und viele sind es, die sie nehmen. Aber eng ist die Pforte und schmal ist der Weg, der zum Leben führt; und wenige sind es, die sie finden.

Und hütet euch vor den falschen Propheten; sie kommen in Schafskleidern daher, aber darunter sind sie reißende Wölfe. An ihren Früchten sollt ihr sie erkennen! Kann man denn Trauben lesen von Dornen oder Feigen von Disteln? So bringt jeder gute Baum gute Früchte, und ein fauler Baum bringt schlechte Früchte. Ein guter Baum kann keine schlechten Früchte tragen, und ein fauler Baum kann keine guten Früchte tragen. Darum: An ihren Früchten sollt ihr sie erkennen.

Nicht alle, die zu mir sagen: Herr!, Herr!, werden ins Himmelreich eingehen, sondern nur die, die den Willen meines Vaters im Himmel tun. Darum, wer diese meine Rede hört und sie befolgt, der gleicht dem klugen Mann, der sein Haus auf Fels baute. Als nun ein Platzregen fiel und die Wasser anschwollen und die Winde wehten und das Haus angriffen, brach es nicht zusammen, denn es war auf Fels gegründet. Aber wer diese meine Rede hört und befolgt sie nicht, gleicht einem törichten Mann, der sein Haus auf Sand baute. Als nun ein Platzregen fiel und die Wasser anschwollen und die Winde wehten und das Haus angriffen, stürzte es zusammen mit großem Lärm.

XV

Als ich geendet hatte, wurde es offenbar, dass das Volk über meine Lehre erschrocken war. Ich rief meine Jünger zu mir und sagte zu ihnen: Die Leute jammern mich; sie harren nun schon so lange bei mir aus und haben nichts zu essen; ich will sie nicht hungrig gehen lassen, damit sie unterwegs nicht verschmachten. Doch meine Jünger sagten mir: Woher sollen wir das Brot nehmen in der Wüste, um eine so große Menge zu sättigen? Ich fragte sie: Wie viel habt ihr? Sie antworteten: Sieben Brote und ein paar Fische.

Ich ließ das Volk sich auf der Erde lagern, nahm die sieben Brote und die Fische, dankte, brach sie und teilte sie und gab sie den Jüngern zurück, und die Jünger verteilten alles unter das Volk. Alle aßen und wurden satt. Und die Jünger sammelten auf, was noch an Brocken übrig blieb: sieben Körbe voll. Die gegessen hatten, waren viertausend Mann, Frauen und Kinder nicht mitgezählt. Und als ich sie hatte gehen lassen, stieg ich selber ins Boot, um mich über den See zurückbringen zu lassen.

XVI

Da trat einer herzu und sprach zu mir: Meister, ich will dir folgen, wohin immer du gehst. Ich antwortete ihm: Die Füchse haben ihren Bau, und die Vögel haben ihre Nester, ich aber habe nichts, um mein Haupt darauf zu betten. Ein anderer sprach zu mir: Herr, ich will dir folgen, nur erlaube mir, dass ich noch Abschied nehme von meinem Haus. Aber ich antwortete: Wer seine Hand an die Scholle legt und zurückschaut, ist nicht gemacht für das Reich Gottes. Zu einem dritten sagte ich: Komm mit, und folge mir. Der aber bat mich: Lass mich zuerst hingehen und meinen Vater begraben. Ich aber sagte ihm: Lass die Toten ihre Toten begraben!

Als wir wieder drüben waren, sah ich einen Zöllner mit Namen Levi am Zoll sitzen. Ich sprach zu ihm: Lass alles, und folge mir! Und er stand auf und verließ alles und folgte mir. Und er richtete uns ein großes Mahl zu in seinem Haus, und viele Zöllner und andere saßen mit uns zu Tisch. Als das die Pharisäer sahen, murrten sie und fragten meine Jünger: Warum isst euer Meister mit den Zöllnern und Sündern? Ich hörte es und sagte: Die Gesunden bedürfen keines Arztes, aber die Kranken. Heißt es nicht: »Ich finde Wohlgefallen an Barmherzigkeit und nicht an Opfern.«? Ich bin gekommen, die Sünder zu mir zu rufen, nicht die Gerechten. Da fragten sie: Warum fasten wir so viel, und deine Jünger fasten nicht? Ich antwortete: Wie können die Hochzeitsgäste fasten, solange der Bräutigam unter ihnen ist? Es kommt die Zeit, da er nicht mehr bei ihnen ist, dann werden sie fasten.

Als ich noch mit ihnen redete, standen meine Mutter und meine Brüder draußen und fragten nach mir. Einer sagte es mir, er sprach: Draußen stehen deine Mutter und deine Brüder, sie wollen mit dir reden. Da sagte ich ihm: Wer ist meine Mutter, wer sind meine Brüder? Ich streckte die Hand aus und wies auf meine Jünger. Ich sagte: Da sind meine Mutter und meine Brüder. Wer den Willen meines Vaters im Himmel tut, der ist mir Bruder und Schwester und Mutter.

Ja, Vater, denn so hat es dir wohl gefallen, sagte ich: Alles ist mir aufgetragen von meinem Vater; und niemand kennt den Sohn als nur der Vater, und niemand kennt den Vater als nur der Sohn; und wem es der Sohn offenbaren will. Kommt her zu mir, alle, die ihr mühselig und beladen seid; ich will euch erquicken. Nehmt auf euch mein Joch, und lernt von mir; denn ich bin sanftmütig und demütigen Herzens; so werdet ihr Ruhe finden für eure Seele. Mein Joch ist sanft, und meine Last ist leicht.

Da kamen wieder die Pharisäer und Schriftgelehrten zu mir und fragten: Warum übertreten deine Jünger die Satzungen der Ältesten? Sie waschen die Hände nicht, wenn sie Brot essen! Denn die Juden essen nicht, wenn sie nicht die Hände mit einer Handvoll Wasser gewaschen haben. Und wenn sie vom Markt kommen, essen sie nicht, bevor sie sich nicht ganz gewaschen haben. Und es gibt viele andere Gebote, die sie zu halten angenommen haben, wie Trinkgefäße und Krüge und Kessel und Bänke zu waschen. Darum fragten sie mich: Warum halten sich deine Jünger nicht an die Satzungen der Ältesten, sondern essen das Brot mit unreinen Händen?

Ich antwortete ihnen: Wie fein hat Jesaja von euch geweissagt: »Sie ehren mich mit den Lippen, aber ihr Herz ist fern von mir; ihre Lehren sind nichts als Menschengebote.« Durch eure Satzungen hebt ihr Gottes Gebote auf; dergleichen tut ihr viel. Ihr seid blinde Blindenführer. Wenn aber ein Blinder einen Blinden führt, so fallen beide in den Graben.

Und ich rief die Jünger zu mir und sprach zu ihnen: Hört mir alle zu, und begreift es! Es gibt nichts, was von außen in den Menschen hineinkommt, das ihn unrein machen könnte; was aus dem Menschen herauskommt, macht ihn unrein. Da antwortete Petrus und bat mich: Deute uns dieses Gleichnis. Ich sagte: Seid auch ihr noch immer so unverständig? Merkt ihr denn nicht, dass alles, was von außen in den Menschen hineinkommt, ihn nicht unrein machen kann, weil es nicht ins Herz, sondern in den Bauch geht und von dort in die Grube? Was durch den Mund aus dem Menschen herauskommt, das macht ihn unrein. Denn von innen, aus dem Herzen, kommen böse Gedanken, Mord, Bosheit, Arglist, Ausschweifung, Ehebruch, Unzucht, Diebstahl, Habgier, falsches Zeugnis, Missgunst,

Lästerung, Hochmut, Unvernunft. Wem das Herz voll ist, dem geht der Mund über, sei es mit Gutem oder mit Schlechtem. Aber ich sage euch, dass ihr Rechenschaft geben müsst am Tag des Gerichts von jedem unnützen Wort, das ihr geredet habt. Und ich sage euch: Alle Sünde kann den Menschen vergeben werden, aber nicht die Sünde gegen den Geist. Das sind die Dinge, die den Menschen unrein machen. Mit ungewaschenen Händen essen, macht den Menschen nicht unrein.

XVII

Etwa acht Tage nach diesen Reden war es, dass ich mit Petrus, Johannes und Jakobus auf einen Berg stieg, um zu beten. Und während ich betete, verklärte sich mein Gesicht, so sehr, dass es schien, als falle von ihm ein Glanz auf mein Gewand. So hell leuchtete es, wie kein Bleicher auf der Erde es hell machen kann. Die Jünger aber waren schläfrig, und im Schlaf waren ihnen Moses und Elias erschienen, wie sie mit mir redeten. Als sie erwachten, sagte Petrus zu mir: Herr, hier ist gut sein, hier lasst uns Hütten bauen, dir eine, Moses eine und Elias eine! Er wusste aber nicht, was er redete. Und während er redete, näherte sich uns eine Wolke und warf ihren Schatten auf uns. Und als wir in die Wolke gerieten, redete eine Stimme aus ihr, sodass sie erschraken; sie sagte: Das ist mein lieber Sohn, auf den sollt ihr hören!

Nachdem sich die Wolke verzogen hatte, waren wir wieder allein. Als wir vom Berg wieder hinabstiegen, gebot ich ihnen, von ihrer Erscheinung zu niemandem zu sprechen, bis ich von den Toten auferstanden sei. Sie verharrten bei diesen Worten und befragten sich untereinander, was das sei, auferstehen von den Toten? Mich fragten sie: Sagen nicht die Schriftgelehrten, dass zuvor Elias kommen muss? Freilich soll Elias kommen, antwortete ich, doch ich sage euch: Elias ist schon gekommen, aber sie haben ihn nicht erkannt, sondern sind mit ihm verfahren nach ihrer Art. So werde auch ich durch sie leiden müssen. Da begriffen sie, dass ich von Johannes dem Täufer zu ihnen geredet hatte.

Ich fragte sie: Wer, sagen die Leute, dass ich sei? Sie antworteten: Einige sagen, *du* seist Johannnes der Täufer, andere, du seist Elias, und wieder andere, einer der Propheten. Und ich fragte sie: Ihr aber, wer, sagt ihr, dass ich sei? Da antwortete Simon Petrus: Du bist Christus, der Sohn Gottes!

Ich sprach zu ihm: Selig bist du, Simon, denn das haben dir nicht Fleisch und Blut offenbart, sondern mein himmlischer Vater. Ich sage dir:

Du bist Petrus, der Fels, auf diesen Felsen will ich meine Kirche bauen, und die Pforten der Hölle sollen sie nicht überwinden. Dir will ich die Schlüssel zum Himmelreich geben: Was du auf Erden binden wirst, wird auch im Himmel verbunden sein; was du auf Erden lösen wirst, soll auch im Himmel gelöst sein!

Und den anderen sagte ich: Wer mir folgen will, der verleugne sich selbst und nehme sein tägliches Kreuz auf sich. Denn wer sein Leben erhalten will, der wird es verlieren, wer aber sein Leben verliert um meinetwillen, der wird es erhalten. Wer nicht seinen Vater und seine Mutter und Frau und Kinder und Brüder und Schwestern, dazu sich selber, hintanstellt, der kann nicht mein Jünger sein. Wer nicht sein Kreuz trägt und mir nachfolgt, der kann nicht mein Jünger sein. Denn was hülfe es dem Menschen, wenn er die ganze Welt gewänne und nähme doch Schaden an seiner Seele? Oder was hätte der Mensch zu bieten, um seine Seele freizukaufen?

XVIII

Wieder zurück bei den andern, fragte ich sie: Was habt ihr inzwischen verhandelt? Zuerst schwiegen sie, denn sie hatten darüber gestritten, wer von ihnen der Größte sei; aber dann sagten sie es und fragten: Wer ist der Größte im Himmelreich? Ich antwortete: Wer der Größte sein will, wird der Niedrigste sein unter allen andern. Und ich rief ein Kind zu mir, herzte es und stellte es mitten unter sie. Wenn ihr nicht umkehrt und werdet wie die Kinder, so werdet ihr nicht ins Himmelreich kommen, sagte ich: Wer also sich selbst erniedrigt und wie dieses Kind wird, der wird der Größte im Himmel sein. Denn wer der Kleinste ist unter euch allen, der ist groß. Wer ein solches Kind aufnimmt in meinem Namen, der nimmt mich auf; und wer mich aufnimmt, nimmt den auf, der mich geschickt hat. Wer aber eines dieser Kleinen, die an mich glauben, verführt, für den wäre es besser, dass ihm ein Mühlstein an seinen Hals gehängt würde und er versenkt würde ins Meer, wo es am tiefsten ist.

Da wurden Kinder zu mir gebracht, damit ich sie segne. Einige meiner Jünger wollten es wehren, aber ich sagte: Lasst die Kinder zu mir kommen, denn ihrer ist das Himmelreich! Seht zu, dass ihr keines von ihnen missachtet. Es ist der Wille meines Vaters im Himmel, dass keines von diesen Kleinen verloren geht. Und ich legte ihnen die Hände auf und segnete sie.

Und zu den Jüngern sprach ich: Wehe der Welt, der Verführungen wegen! Es müssen ja Verführungen kommen; aber wehe dem Menschen, durch den sie kommen. Hütet euch also! Wenn eure Hand oder euer Fuß euch zum Falschen verführt, so schlagt sie ab, und werft sie von euch. Es ist besser, dass ihr lahm oder verkrüppelt ins ewige Leben eingeht als mit zwei Händen und Füßen ins ewige Feuer. Und wenn euch euer Auge zum Unrechten verführt, dann reißt es euch aus, und werft es weg. Denn es ist besser für euch, einäugig durchs Leben zu gehen als mit zwei Augen ins Feuer der Hölle!

Wenn einer eurer Brüder sündigt, so weist ihn zurecht; aber wenn er bereut, vergebt ihm! Da trat Petrus zu mir und fragte: Herr, wie oft muss ich denn meinem Bruder, der an mir sündigt, vergeben? Siebenmal? Ich antwortete: Nicht siebenmal, sondern siebzigmal siebenmal. Und wenn er sich siebenmal am Tag an dir versündigen würde und siebenmal am Tag würde er wiederkommen und sagen: Es reut mich!, so sollst du ihm siebenmal am gleichen Tag vergeben. Wie ihr einander vergebt, wird auch mein himmlischer Vater an euch tun; so ist es.

Nun fragten sie mich: Ist es erlaubt, dass sich ein Mann aus irgendeinem Grund von seiner Frau trennt? Ich antwortete: Gott hat den Menschen erschaffen als Mann und Frau. Darum soll ein Mann Vater und Mutter verlassen und seiner Frau anhangen, und sie werden ein Fleisch sein. Was Gott so zusammengefügt hat, soll der Mensch nicht scheiden. Wer sich von seiner Frau scheidet, es sei denn wegen Ehebruchs, und heiratet eine andere, der bricht die Ehe. Und wenn sich eine Frau von ihrem Mann scheidet und heiratet einen anderen, bricht sie die Ehe. Einige sind aber von Geburt zur Ehe unfähig; andere werden unfähig dazu gemacht; wieder andere erklären sich selbst dazu unfähig um des Himmels willen. Wer das fassen kann, fasse es.

XIX

Wir hatten uns wieder auf den Weg gemacht. Ein reicher Jüngling trat herbei, kniete vor mir nieder und fragte mich: Guter Meister, was muss ich tun, damit ich das ewige Leben erlange? Ich wies ihn zurecht. Was nennst du mich gut?, sagte ich: Niemand ist gut außer Gott! Aber du kennst die Gebote: Du sollst nicht töten; du sollst nicht ehebrechen; du sollst nicht stehlen; du sollst nicht falsch Zeugnis ablegen; du sollst Vater und Mutter ehren; du sollst deinen Nächsten lieben wie dich selbst! Da sagte der Jüngling zu mir: Das alles habe ich von klein auf gehalten; was fehlt mir noch? Er war mir lieb, und ich antwortete: Nur eines fehlt dir: Geh hin, verkaufe alles, was du hast, gib alles den Armen, so wirst du deinen Reichtum im Himmel haben. Dann komm, und folge mir nach. Da ging er traurig weg, denn er besaß viele Güter.

Zu meinen Jüngern sagte ich: Wahrlich, ein Reicher wird schwer ins Himmelreich kommen. Ich gehe noch weiter und sage: Es ist leichter, dass ein Schiffstau durchs Nadelöhr passe, als dass ein Reicher in das Reich Gottes komme! Sie erschraken und murrten und fragten: Wer kann da selig werden? Aber ich antwortete: Was bei den Menschen unmöglich ist, das ist bei Gott doch möglich.

Da fing Petrus an und sagte: Siehe, wir haben alles verlassen, was wir hatten, und sind dir nachgefolgt; was haben wir davon? Ich antwortete: Wahrlich, ich sage euch, es ist niemand, der Haus oder Acker oder Brüder oder Schwestern oder Mutter oder Vater oder Kinder verlässt um meinetwillen und um des Evangeliums willen, der es nicht vielfach wieder empfängt in dieser Zeit und in der zukünftigen Welt das ewige Leben. Aber die Ersten werden die Letzten sein, und die Letzten die Ersten.

Nun kamen Jakobus und Johannes zu mir mit ihrer Bitte. Was wollt ihr, dass ich für euch tue?, fragte ich sie. Sie sagten: Mach, dass wir zu deiner Rechten und zu deiner Linken sitzen werden in deiner Herrlichkeit! Da sagte ich ihnen: Ihr wisst nicht, worum ihr mich bittet! Könnt ihr denn den Kelch trinken, den ich zu trinken habe, oder die Taufe empfangen, die ich empfangen werde? Ja, das können wir, sagten sie. Ich aber sagte zu ihnen: Selbst wenn ihr es könntet, euch sitzen zu lassen zu meiner Rechten oder zu meiner Linken, das steht mir nicht zu. Das wird denen zuteil, für die es bestimmt ist von meinem Vater. Denn viele sind berufen, aber wenige sind auserwählt.

Als die anderen zehn das alles hörten, wurden sie unwillig über die zwei. Aber ich rief sie alle zu mir und sprach: Ihr wisst doch, dass die Herrscher ihre Völker niederhalten und die Mächtigen ihnen Gewalt antun. So soll es nicht sein unter euch. Wer unter euch groß sein will, der soll den anderen dienen; wer unter euch Erster sein will, der sei der anderen Knecht. So bin auch ich nicht gekommen, um mir dienen zu lassen, sondern um zu dienen und mein Leben zu geben als Pfand für die andern.

Ihr sollt auch nicht glauben, dass ich gekommen bin, den Frieden in die Welt zu bringen. Ich bin nicht gekommen, Frieden zu bringen, sondern das Schwert. Von nun an werden von fünf in einem Haus drei gegen zwei und zwei gegen drei sein. Es wird der Vater gegen den Sohn sein und der Sohn gegen den Vater, die Mutter gegen die Tochter und die Tochter gegen die Mutter, die Schwiegermutter gegen die Schwiegertochter und die Schwiegertochter gegen die Schwiegermutter. Die Hausgenossen werden sich Feinde sein. Denn wer nicht für mich ist, ist gegen mich. Wer Vater oder Mutter mehr liebt als mich, der ist meiner nicht wert; wer Sohn oder Tochter mehr liebt als mich, der ist meiner nicht wert. Wer nicht sein Kreuz auf sich nimmt und mir nachfolgt, ist meiner nicht wert. Ein Feuer zu entfachen auf Erden, dazu bin ich gekommen; was wäre mir lieber, als wenn es schon brennte. Aber zuvor muss ich mich taufen lassen mit einer Feuertaufe, vor der mir bang ist.

XX

Schon hielten die Pharisäer Rat, wie sie mich durch meine eigenen Worte fangen könnten. Sie schickten ihre Abgesandten zu mir, die mich aushorchen sollten. Die sprachen: Meister, wir wissen, dass du wahrhaftig bist und Gottes Weg lehrst ohne Rücksicht. Darum sage uns, ist es recht, dass wir dem Kaiser Steuern zahlen, oder nicht? Da ich ihre List bemerkte, antwortete ich: Gebt mir einen Silbergroschen! Sie gaben mir einen, und ich fragte: Wessen Bild und Aufschrift trägt er? Sie sagten: Des Kaisers. Da sprach ich zu ihnen: So gebt dem Kaiser, was des Kaisers ist, und Gott, was Gottes ist! Als sie das hörten, ließen sie von mir ab und machten sich davon.

Aber andere kamen wieder und fragten anderes. Sie sprachen: Meister, Moses hat gesagt, wenn einer stirbt und hat keine Kinder, so soll sein Bruder die Frau heiraten und seinem Bruder

Nachkommen erwecken. Nun waren einmal sieben Brüder. Der erste heiratete und starb; und weil er keine Nachkommen hatte, hinterließ er seine Frau seinem Bruder; desgleichen der zweite und dritte bis zum siebenten. Nach allen starb die Frau. Nun, bei der Auferstehung, wessen Frau wird sie sein von den sieben; sie haben sie ja alle gehabt? Ich gab ihnen zur Antwort: Ihr stellt die Frage falsch, weil ihr weder das Wort noch die Kraft Gottes kennt. Denn nach der Auferstehung werden sie weder heiraten noch verheiratet sein, sondern wie Engel im Himmel. Da wagten sie nicht mehr, weiter danach zu fragen.

Aber einer, ein Schriftgelehrter, prüfte mich und fragte: Meister, welches ist das höchste Gebot im Gesetz? Ich antwortete ihm: Du sollst den Herrn, deinen Gott, lieben von ganzem Herzen, aus voller Seele, mit allen Kräften, mit deinem ganzen Gemüt! Dies ist das größte und höchste Gebot. Ein anderes aber ist diesem gleich: Du sollst deinen Nächsten lieben wie dich selbst. In diesen beiden Geboten steckt das ganze Gesetz.

Er gab sich nicht zufrieden und fragte nach: Wer ist denn aber mein Nächster? Da antwortete ich ihm mit einer Gegenfrage, ich sprach: Ein Mensch ging von Jerusalem nach Jericho hinab und fiel unter die Räuber. Die zogen ihn aus, schlugen ihn und ließen ihn halb tot liegen. Es traf sich aber, dass auch ein Priester dieselbe Straße hinabzog; er sah ihn und ging vorüber. Desgleichen auch ein Levit: Er kam zu der Stelle, sah ihn und ging vorüber. Ein Samariter aber, der auf der Reise war, kam auch dahin; und als er ihn sah, dauerte er ihn; und er ging zu ihm hin, reinigte seine Wunden mit Öl und Wein und verband sie ihm. Dann lud er ihn auf sein Tier und brachte ihn in eine Herberge. Dem Wirt gab er zwei Silbergroschen und sagte: Pflege ihn; und wenn du mehr ausgibst, will ich es dir wiedergeben, wenn ich zurückkomme. Wer von diesen dreien, denkst du, ist nun dem, der unter die Räuber fiel, der Nächste gewesen? Er antwortete: Der, der Barmherzigkeit an ihm übte. Da sagte ich: So geht, und tut desgleichen!

XXI

Ich begann in Gleichnissen zu reden, damit mich auch das Volk verstünde, ohne dass man mich aber behaften konnte. Damit sie hörten und doch nicht hörten; damit sie sahen und doch nicht sahen; damit sie verstanden und doch nicht verstanden. Aber meinen Jüngern, wenn wir allein waren, legte ich alles aus.

Hört zu!, sagte ich: Es ging ein Sämann aus, zu säen. Indem er säte, fiel einiges Saatgut auf den Weg; es wurde zertreten, und die Vögel fraßen es auf. Einiges fiel auf felsigen Grund und ging alsbald auf, weil die Erde nicht tief war. Als nun die Sonne aufging, verwelkte es, und weil es keine Wurzeln hatte, verdorrte es. Und einiges fiel unter die Dornen, und die Dornen erstickten es. Nur weniges fiel auf guten Boden, ging auf und brachte Frucht, dreißigfach, sechzigfach, hundertfach. Wer Ohren hat zu hören, der höre!

Und meinen Jüngern sagte ich: Der Same ist das Wort Gottes. Und der Same soll aufgehen und Frucht tragen. Zündet man etwa ein Licht an, um es unter den Scheffel zu stellen? Nein, sondern auf einen Leuchter. Denn nichts ist verborgen, was nicht offenbar werden, nichts ist geheim, was nicht an den Tag kommen soll. Wer Augen hat zu sehen, der sehe!

Und ein anderes Gleichnis legte ich ihnen vor. Ich sagte: Ein Herr brachte guten Samen auf seinen Acker. Als aber alle schliefen, kam sein Feind und säte Unkraut unter den Weizen. Als nun die Saat wuchs, da zeigte sich auch das Unkraut. Und die Knechte fragten den Herrn: Hast du nicht guten Samen auf deinen Acker gebracht? Woher kommt das Unkraut? Der Herr antwortete: Das hat ein Feind gestreut. Und sie fragten: Willst du, dass wir es ausjäten? Aber er sagte: Nein, damit ihr nicht gleichzeitig den Weizen mit ausreißt. Lasst beides miteinander wachsen bis zur Ernte; und zur Erntezeit sammelt zuerst das Unkraut und bindet es in Bündel zusammen, damit man es verbrenne; den Weizen aber sammelt mir in meine Scheune.

Und ich sagte: Mit dem Reich Gottes ist es wie mit der Saat, die über Nacht aufgeht, wir wissen nicht, wie. Denn von selbst bringt die Erde Frucht, zuerst den Halm, dann die Ähre, dann das Korn in der Ähre. Und wenn sie die Frucht gebracht hat, dann ist die Zeit der Ernte.

Das Reich Gottes ist auch wie ein Senfkorn, das kleinste der Samenkörner, aber wenn es gesät ist und aufgeht, wird es größer als alle anderen Kräuter und treibt Zweige und wird ein Baum, sodass die Vögel des Himmels in seinem Schatten wohnen.

Merkt auf, sagte ich: Ein Gutsherr ging früh am Morgen hinaus, um Arbeiter für seinen Weinberg einzustellen. Einen Silbergroschen als Taglohn machte er mit ihnen aus und schickte sie in die Arbeit. Drei Stunden später sah er auf dem Markt ein paar andere müßig herumstehen. Geht in meinen Weinberg arbeiten, sprach er zu ihnen, ich will euch geben, was recht ist. Und sie gingen hin. Und wieder um die sechste und um die neunte Stunde tat er dasselbe. Und gar in der elften Stunde fand er noch welche, die hatten nichts zu tun. Er fragte sie: Was steht ihr herum?

Sie antworteten: Es hat uns niemand eingestellt. Da schickte er auch sie noch in seinen Weinberg. Und als es Abend wurde, sagte der Gutsherr zu seinem Verwalter: Ruf die Arbeiter zusammen, und gib ihnen den Lohn, von den letzten bis zu den ersten. Da kamen zuerst die, die zuletzt eingestellt worden waren, und jeder empfing seinen Silbergroschen. Ebenso auch die andern. Als aber die ersten kamen, hofften sie, dass sie mehr empfangen würden; aber auch sie erhielten ihren Silbergroschen. Da murrten sie und sprachen: Diese hier haben nur eine Stunde gearbeitet, doch du hast sie uns gleichgestellt, die wir die Last und Hitze des ganzen Tages getragen haben. Aber der Gutsherr antwortete ihnen: Haben wir nicht einen Silbergroschen als Lohn ausgemacht? So nehmt, was euch zusteht, und geht. Habe ich denn nicht das Recht, gütig zu sein, wo ich es will?

Zu meinen Jüngern sagte ich: So werden die Letzten die Ersten und die Ersten die Letzten sein. Was meint ihr aber dazu: Es hatte ein Mann zwei Söhne, die er zur Arbeit in seinen Weinberg schickte. Der erste sagte: Nein, ich will nicht; dann aber reute es ihn, und er ging hin. Der zweite aber sagte: Ja, ich will; aber er ging nicht. Welcher von den beiden hat nun des Vaters Willen getan? Der erste, antworteten sie. Und ich fuhr fort: Es war aber ein reicher Mann, der kleidete sich in Purpur und kostbares Leinen und lebte herrlich und in Freuden. Und es war ein armer Mann, mit Namen Lazarus, der war voller Geschwüre, die ihm die Hunde leckten, er lag alle Tage vor seiner Tür und bat nur um das, was dem Reichen vom Tisch fiel. Als der Arme starb, wurde er von Engeln getragen und in Abrahams Schoss gelegt. Als aber der Reiche starb, wurde er nur in der Erde vergraben.

Seht also zu, sagte ich, dass ihr keinen dieser Kleinsten und Niedrigsten verachtet; denn sie werden das Angesicht Gottes schauen! Was glaubt ihr, fragte ich die Umstehenden, wer von euch, wenn er hundert Schafe hätte, und er verlöre eines von ihnen, würde nicht die neunundneunzig in der Wüste zurücklassen und dem verlorenen nachgehen, bis er es fände? Und wenn er es gefunden hat, legt er es sich voller Freude über die Schultern, und wenn er heimkommt, ruft er seine Freunde und Nachbarn zusammen und spricht: Freut euch mit mir; ich habe mein

Schaf gefunden, das verloren war! Und sie freuen sich mit ihm. So wird auch Freude im Himmel sein über *einen* Sünder, der Buße tut, mehr als über neunundneunzig Gerechte, die der Buße nicht bedürfen.

Meinen Jüngern sagte ich: Ich bin der gute Hirte; ich kenne die Meinen, und die Meinen kennen mich; wie mich mein Vater kennt und ich meinen Vater kenne. Ich lasse mein Leben für meine Schafe.

Und ich sprach: Ein Mann hatte zwei Söhne. Der jüngere von ihnen sagte zum Vater: Gib mir, Vater, vom Erbe, was mir zusteht! Und der Vater teilte Hab und Gut unter die beiden auf. Nicht lange danach nahm der jüngere Sohn sein Erbteil und zog damit in ein fernes Land; dort brachte er alles mit Prassen durch. Und als er alles verprasst hatte, fing er an zu darben und musste Säue hüten, um sich durchzubringen, und hätte, um sich den Bauch zu füllen, auch die Schoten gegessen, die die Säue fraßen; aber man gab sie ihm nicht. Sodass er in sich ging und sich sagte: Wie viele Tagelöhner beschäftigt mein Vater, die Brot in Hülle und Fülle haben, und ich leide hier Hunger! Ich will mich aufmachen zu meinem Vater und zu ihm sagen: Vater, ich habe gesündigt gegen den Himmel und vor dir. Ich bin nicht mehr wert, dein Sohn zu heißen, aber mache mich zu einem deiner Tagelöhner! Und er machte sich auf zu seinem Vater. Schon als er noch weit entfernt war, sah ihn sein Vater, und er dauerte ihn. Er lief ihm entgegen, fiel ihm um den Hals und küsste ihn. Der Sohn aber sprach: Vater, ich habe gesündigt gegen den Himmel und vor dir, ich bin nicht mehr würdig, dass ich dein Sohn heiße; wie er es sich vorgenommen hatte. Aber der Vater befahl seinen Knechten: Bringt das beste Gewand her, um ihn zu kleiden, gebt ihm einen Ring an seine Hand und Schuhe an seine Füße, schlachtet ein Kalb; lasst uns essen und fröhlich sein! Denn dieser mein Sohn war tot und ist wieder lebendig; er war verloren und ist wiedergefunden! Und sie fingen an, fröhlich zu sein. Als aber der ältere Sohn vom Feld nach Hause kam und das alles gewahr wurde, packte ihn der Zorn, und er sprach zum Vater: So viele Jahre diene ich dir und habe dein Gebot nie übertreten, nie hast du ein Kalb für mich geschlachtet! Aber der Vater sagte: Mein Sohn, du warst immer bei mir, und alles, was mein war,

war dein. Sei fröhlich und guten Mutes; denn dieser dein Bruder war tot und ist wieder lebendig, er war verloren und ist wiedergefunden.

Und noch manche solcher Gleichnisse lehrte ich sie.

XXII

Als wir in die Nähe von Jerusalem kamen, nach Betfage und Betanien, an den Berg, der Ölberg heißt, schickte ich zwei meiner Jünger voraus, indem ich sagte: Geht in das Dorf dort. Sowie ihr hineinkommt, werdet ihr angebunden ein Füllen finden, auf dem hat noch nie ein Mensch gesessen; bindet es los und führt es her. Wenn euch jemand fragt: Was tut ihr da?, so sagt ihm: Unser Herr bedarf seiner, und wenn er es nicht mehr braucht, lässt er es wieder zurückbringen. So geschah es alles. Sie brachten das Füllen zu mir, bedeckten seinen Rücken mit Kleidern, und ich setzte mich darauf. So ritt ich in Jerusalem ein. Und viele, die meinen Weg säumten, breiteten ihre Kleider vor mir aus; andere aber streuten Palmwedel oder Zweige, die sie von den Feldern genommen hatten; und die mir vorangingen und die mir nachfolgten riefen: Gelobt sei, der da kommt im Namen des Herrn!

So kamen wir nach Jerusalem. Als ich die Stadt nun von innen sah, weinte ich über sie und sprach: Wenn du doch nur erkennen würdest, zur rechten Zeit, was dem Frieden dient! Aber dafür bist du blind. Und es wird eine Zeit über dich kommen, da werden deine Feinde einen Wall um dich aufwerfen und dich belagern von allen Seiten. Sie werden dich dem Erdboden gleichmachen samt deinen Kindern. Weil du die Zeit nicht erkannt hast.

Zu der Menge sprach ich: Wenn ihr eine Wolke von Westen her aufsteigen seht, sagt ihr: Es gibt Regen, und es geschieht so. Wenn der Südwind weht, sagt ihr: Es wird heiß, und so geschieht es. Über Himmel und Erde vermögt ihr zu urteilen; warum erkennt ihr nicht die Zeichen der Zeit?

Und ich ging in den Tempel. Aber dort fand ich Händler, die Rinder, Schafe und Tauben verkauften, und Wechsler, die da saßen und Geld wechselten. Da fertigte ich mir aus Stricken eine Geißel und trieb sie damit alle zum Tempel hinaus, samt ihren Schafen und Rindern und Tauben, und den Wechslern stieß ich die Tische um und verschüttete ihr Geld auf den Boden, sie alle schrie ich an und rief: Räumt das weg und macht meines Vaters Haus nicht zum Kaufhaus! Es steht geschrieben: »Mein Haus soll ein Bethaus sein.« Ihr aber habt es zur Räuberhöhle gemacht.

XXIII

Das kam vor die Hohepriester und Schriftgelehrten; und von da an trachteten sie danach, mich umzubringen. Sie wussten aber nicht, wie sie es machen sollten, denn das ganze Volk hing an mir und hörte mir zu.

Ich lehrte in einer Synagoge. Da war eine Frau, die war verkrümmt und konnte sich nicht mehr aufrichten. Als ich es sah, rief ich sie zu mir und sagte zu ihr: Sei befreit von deiner Krankheit! Ich berührte sie mit den Händen, und sogleich richtete sie sich auf und pries Gott. Das war aber am Sabbat. Und der Vorsteher der Synagoge war unwillig und sagte: Sechs Tage gibt es, an denen man arbeiten soll, da könnt ihr kommen und euch heilen lassen, aber nicht am Sabbattag. Da antwortete ich ihm: Bindet nicht jeder am Sabbat seinen Ochsen oder seinen Esel von der Krippe los und führt ihn zur Tränke? Sollte da nicht auch diese, die so lange gebunden war, am Sabbat von ihrer Fessel erlöst werden?

An einem anderen Sabbat war ein Mann in der Synagoge, dessen rechte Hand abgestorben war. Und nun lauerten die Schriftgelehrten und Pharisäer darauf, ob ich ihn auch am Sabbat heilen würde, damit sie etwas hätten, um mich zu verklagen. Ich durchschaute ihre Gedanken; ich sprach zu dem Mann: Steh auf, und komm zu mir! Er stand auf und trat vor. Und ich fragte sie: Was von beidem ist eher erlaubt, am Sabbat Gutes oder am Sabbat Schlechtes zu tun, Leben zu erhalten oder Leben zu vernichten? Gott findet Wohlgefallen an der Barmherzigkeit und nicht am Opfer. Und zum Mann sagte ich: Strecke deine Hand aus! Er tat es, und seine Hand war wieder gesund. Da waren sie ganz von Sinnen und beredeten untereinander, was sie mir tun könnten.

Einmal ging ich mit meinen Jüngern am Sabbat durch ein Kornfeld, und sie waren hungrig und fingen an, Ähren zu lesen und zu essen. Das sahen wiederum ein paar Pharisäer, sie fragten mich: Warum tun deine Jünger, was am Sabbat verboten ist? Ich aber antwortete ihnen: Habt ihr nicht gelesen, was David tat, als ihn hungerte? Wie er ins Gotteshaus ging und die Schaubrote aß, die doch nur die Priester essen dürfen? Und seht ihr nicht, wie die Priester Mal für Mal am Sabbat den Sabbat brechen und doch ohne Schuld sind? Es gibt Größeres als den Tempel. Der Sabbat ist um des Menschen willen gemacht und nicht der Mensch um des Sabbats willen. Der Menschensohn ist auch Herr über den Sabbat! Da sprachen sie untereinander: Er lästert Gott!

Sie hoben Steine auf, um sie nach mir zu werfen. Aber ich sagte zu ihnen: Ich habe viele gute Werke getan, durch meinen Vater. Für welches wollt ihr mich steinigen? Sie antworteten: Nicht für ein gutes Werk, sondern um der Gotteslästerung willen; du bist ein Mensch und machst dich selbst zu Gott! Ich fragte: Ihr sagt, ich lästere Gott, weil ich sage, ich bin Gottes Sohn? Wenn ich nicht die Werke meines Vaters tue, dann glaubt mir nicht; tue ich sie aber, dann glaubt den Werken, da ihr mir nicht glauben wollt, damit ihr erkennt, dass der Vater in mir ist und ich in ihm. Ich und der Vater sind eins!

Mein Vater wirkt bis auf diesen Tag, und ich wirke durch ihn. Der Sohn kann nichts von sich aus tun, sondern nur, was er vom Vater hat. Was der Vater tut, das tut gleichermaßen der Sohn. Denn der Vater liebt seinen Sohn und zeigt ihm alles, was er tut, und er wird ihm noch größere Werke zeigen, über die ihr euch wundern werdet, damit alle den Sohn ehren, wie sie den Vater ehren. Wer den Sohn nicht ehrt, der ehrt auch den Vater nicht, der ihn gesandt hat. Denn wie der Vater das Leben in sich selbst hat, so hat er es auch dem Sohn gegeben; und er hat ihm Vollmacht gegeben, weil er sein Sohn ist.

So sehr hat Gott die Welt geliebt, dass er ihr seinen in sie hineingeborenen Sohn geschenkt hat; auf dass alle, die an ihn glauben, nicht verloren gehen, sondern das ewige Leben haben. Gott hat seinen Sohn nicht in die Welt geschickt, um sie zu richten, sondern um sie zu retten. Das Gericht ist aber dies: dass das Licht in die Welt gekommen ist, und die Menschen liebten die Finsternis mehr als das Licht. Nun, der Wind weht, wo er will.

Von mir aus kann ich nichts tun. Nicht meinem Willen folge ich, sondern dem Willen dessen, der mich gesandt hat. Wenn ich mich selbst bezeuge, ist mein Zeugnis nichts wert. Ich habe aber ein größeres Zeugnis; denn die Werke, die mir der Vater übertragen hat, damit ich sie vollende, diese Werke, die ich tue, bezeugen, dass ich vom Vater gesandt bin. Der Vater, der mich gesandt hat, gibt Zeugnis von mir. Im Namen meines Vaters bin ich gekommen, aber ihr nehmt mich nicht an! So sprach ich zu ihnen. Da versuchten sie, mich zu ergreifen; aber meine Jünger standen mir bei, und ich entging ihren Händen.

XXIV

Frühmorgens an einem der nächsten Tage war ich wieder im Tempel; viel Volk kam zu mir, und ich lehrte sie. Aber die Schriftgelehrten und Pharisäer brachten eine Frau herein, stellten sie in unsere Mitte und sagten: Meister, diese Frau ist auf frischer Tat beim Ehebruch ergriffen worden. Das Gesetz sagt, dass sie gesteinigt werden muss. Was sagst du? Das fragten sie, um mich zu prüfen, damit sie mich verklagen könnten. Ich bückte mich nieder, um mit dem Finger in den Staub zu schreiben. Dann richtete ich mich auf und sagte: Wer von euch ohne Sünde ist, der werfe den ersten Stein! Und ich bückte mich wieder und schrieb auf die Erde. Da ließen sie von der Frau ab. Ich sprach zu ihr: Geh nach Hause und sündige nicht mehr.

Zu den anderen sagte ich: Ich bin das Licht der Welt. Wer mir folgt, muss nicht mehr in der Finsternis wandeln, sondern wird das Licht des Lebens haben. Wer sich an mein Wort hält, wird den Tod nicht schmecken in Ewigkeit! Da fragten mich die Pharisäer: Was machst du aus dir selbst? Das alles sagst du von dir. Und du sagst, dein Vater sagt es aus dir. Wo ist aber dein Vater? Ich antwortete: Wenn ihr mich kennen würdet, würdet ihr auch meinen Vater kennen. Da fragten sie mich: Wer bist du denn? Und ich antwortete: Was ich euch sage: der Menschensohn Gottes! Wenn ihr den Menschensohn hören würdet, würdet ihr erkennen, dass ich nichts aus mir selber tue; wie es mich der Vater gelehrt hat, so rede ich. Warum versteht ihr denn meine Sprache nicht? Sie entgegneten mir: Wir sind nicht aus einer Hurerei geboren; wir haben einen Vater!

Darauf sagte ich: Ich gehe nun bald fort, und ihr werdet mich suchen. Aber wo ich hingehe, könnt ihr nicht hinkommen! Da fragten sie sich untereinander: Will er sich denn selber umbringen, dass er sagt: Wohin ich gehe, könnt ihr nicht mitkommen? Ich aber sagte ihnen: Ihr seid von unten, ich bin von oben; ihr seid von dieser Welt, ich bin nicht von dieser Welt! Damit verließ ich mit meinen Jüngern den Tempel.

XXV

Als wir am Ölberg saßen, dem Tempel gegenüber, sagte einer der Jünger: Was für Steine, was für ein Bau! Ich aber sprach: Wahrlich, ich sage euch, kein Stein wird auf dem anderen bleiben, und keiner, der nicht zerbrochen wird! Denn der Menschensohn wird in die Hände der Menschen geraten; sie werden ihn töten; aber am dritten Tag wird er auferstehen. Und er wird wiederkommen am jüngsten Tag. Vom Ende begann ich zu sprechen.

Sie wurden betrübt und fragten: Wann wird das sein? Und was ist das Zeichen für dein Kommen und das Ende der Welt? Ich antwortete ihnen: Seht zu, dass ihr nicht getäuscht werdet. Denn viele werden auftreten unter meinem Namen und sagen: Ich bin Christus, und sie werden viele verführen. Ihr werdet hören von Kriegen und Kriegsgeschrei; erschreckt nicht, es muss so geschehen; aber das ist noch nicht das Ende. Ein Volk wird sich gegen das andere erheben und ein Reich gegen das andere. Und es wird Hungersnöte geben und Seuchen und Erdbeben da und dort. Das ist aber erst der Anfang der Wehen.

Ihr werdet gehasst werden um meines Namens willen. Viele werden abfallen, viele werden einander verraten, viele werden sich untereinander hassen. Falsche Propheten werden sich erheben, sie werden viele vom rechten Weg abbringen; und weil die Ungerechtigkeit überhandnehmen wird, wird die Liebe in vielen erkalten. Dann wird das Ende kommen.

Wenn ihr nun sehen werdet die Gräuel der Verwüstung, dann, wer auf der Ebene ist, fliehe ins Gebirge, wer in der Stadt ist, gehe hinaus, wer auf dem Land ist, komme nicht herein; wer auf dem Dach ist, steige nicht herunter, wer auf dem Feld ist, kehre nicht zurück, um seinen Mantel zu holen. Denn das sind die Tage der Vergeltung, damit erfüllt werde, was geschrieben steht. Große Bedrängnis wird sein, wie sie nie war vom Anfang der Welt an und wie sie kein zweites Mal sein wird.

Wenn dann jemand sagt: Siehe, hier ist der Christus, oder dort!, glaubt es nicht. Es werden falsche Christusse sein und falsche Propheten; ich habe es euch vorausgesagt. Wo das Aas ist, sammeln sich die Geier. Wenn sie sagen: Er ist in der Wüste!, geht nicht hin, oder: Er ist im Haus!, sucht nicht nach ihm. Denn wie ein Blitz von Osten bis Westen leuchtet, so wird das Kommen des Menschensohns sein.

Nach der Zeit der Bedrängnis wird sich die Sonne verfinstern, und der Mond wird seinen Schein verlieren, die Sterne werden vom Himmel fallen, und die Kräfte des Alls werden aus dem Gleichgewicht geraten, auf den Meeren werden sich Ebbe und Flut gegeneinander werfen. Dann wird das Zeichen am Himmel zu sehen sein, und auf Erden werden die Menschen vergehen vor Furcht und Erwartung der Dinge, die nun kommen sollen. Auf einer Wolke werden sie den Menschensohn kommen sehen in all seiner Kraft und Herrlichkeit.

Vom Tag und der Stunde aber weiß niemand, auch die Engel im Himmel nicht, auch der Sohn nicht, sondern nur der Vater allein. Wie es in den Tagen Noahs war, wird es auch dann wieder sein. Wie sie in jener Zeit aßen und tranken und heirateten und sich heiraten ließen, bis die Sintflut kam und sie alle dahinraffte, so wird es auch dann wieder sein. Von zweien, die auf dem Feld sind, wird einer aufgenommen, der andere wird abgewiesen. Von zweien, die in der Mühle mahlen, wird einer gerettet, der andere ist verloren. Darum seid wachsam, denn ihr wisst nicht, an welchem Tag euer Herr kommt. Seid bereit, denn er kommt, wenn ihr nicht daran denkt.

Wenn aber der Menschensohn kommen wird in seiner ganzen Herrlichkeit, und alle Engel mit ihm, wird er auf dem Thron seines Vaters sitzen, und alle Völker der Erde werden vor ihm versammelt sein. Er wird sie trennen, wie der Hirt die Schafe von den Böcken trennt, die Schafe wird er zu seiner Rechten haben, die Böcke zu seiner Linken. Und er wird denen zu seiner Rechten sagen: Kommt her, ihr Gesegneten meines Vaters, euch ist das Reich, das bereitet war von Anbeginn! Denn ich bin hungrig gewesen, und ihr habt mir zu essen gegeben. Ich bin durstig gewesen, und ihr habt mir zu trinken gegeben. Ich war fremd, und ihr habt mich aufgenommen.

Ich war nackt, und ihr habt mich gekleidet. Ich war krank, und ich war im Gefängnis, und ihr habt mich besucht.

Und sie werden ihn fragen: Herr, wann haben wir dich gesättigt; wann haben wir deinen Durst gestillt; wann haben wir dich als Fremden gesehen und aufgenommen, oder nackt, und haben dich gekleidet; wann haben wir dich als Kranken oder im Gefängnis besucht? Und er wird ihnen antworten: Was ihr einem meiner geringsten Brüder getan habt, das habt ihr mir getan.

Dann wird er denen zu seiner Linken sagen: Geht weg von mir, ihr Verdammten, ins Feuer, das euch bereitet ist von Ewigkeit! Ich bin hungrig gewesen, und ihr habt mir nicht zu essen gegeben. Ich bin durstig gewesen, und ihr habt mir nicht zu trinken gegeben. Ich war fremd, und ihr habt mich nicht aufgenommen. Ich war nackt, und ihr habt mich nicht gekleidet. Ich war krank, und ich saß im Gefängnis, und ihr habt mich dort nicht besucht.

Auch sie werden ihn fragen: Herr, wann haben wir dich hungrig oder durstig gesehen; oder als

Fremden; oder nackt oder krank oder im Gefängnis; wir erinnern uns nicht? Und er wird ihnen antworten: Was ihr nicht getan habt einem meiner geringsten Brüder, das habt ihr auch an mir unterlassen.

Merkt euch das alles, schloss ich meine Rede: Wenn die Zweige des Feigenbaums saftig werden und Blätter treiben, wisst ihr, dass der Sommer nahe ist. Wahrlich, ich sage euch: Himmel und Erde werden vergehen, aber meine Worte werden nicht vergehen.

XXVI

Als wir, nahe dem Passafest, in einem Haus in Betanien zu Gast saßen, da kam eine Frau mit Namen Maria Magdalena, die hatte ein Glas mit reinem, kostbarem Nardenöl bei sich, damit salbte sie meine Füße, die sie danach mit ihrem Haar trocknete; der Duft des Öls erfüllte das Haus. Als das die Jünger sahen, wurden einige unwillig, und einer von ihnen, Judas Iskariot, fragte: Wozu diese Vergeudung? Das Öl hätte teuer verkauft und das Geld unter die Armen verteilt werden können! Ich aber sprach: Lasst sie in Frieden; was kränkt ihr die Frau? Sie hat ein gutes Werk an mir getan; es mag für mein Begräbnis gelten. Arme habt ihr immer um euch, wenn ihr ihnen Gutes tun wollt, tut es, mich aber habt ihr nur jetzt. Noch eine kleine Weile, dann werdet ihr mich nicht mehr sehen. Und wieder eine kleine Weile, und ihr werdet mich wiedersehen. Ich gehe zurück zum Vater.

Da ging Judas Iskariot weg und zu den Hohepriestern. Er fragte: Was gebt ihr mir? Ich will ihn euch verraten! Sie boten ihm dreißig Silberlinge. Von da an wartete er auf eine Gelegenheit, mich an sie auszuliefern.

Es kam nun der Tag der Ungesäuerten Brote, an dem man das Passalamm opfern musste, da kamen die Jünger zu mir und fragten: Wo willst du, dass wir das Passalamm essen? Und ich schickte sie in die Stadt zu einem Mann, den sollten sie um einen großen, mit Polstern ausgestatteten Saal fragen, dort bereiteten sie uns das Mahl.

Am Abend setzte ich mich mit den zwölfen zu Tisch. Aber vor dem Essen stand ich noch einmal auf, nahm einen Schurz, umgürtete mich damit, goss Wasser in ein Becken und begann, meinen Jüngern die Füße zu waschen. Petrus wehrte sich und sagte: Herr und Meister, du sollst mir die Füße nicht waschen! Ich aber wusch sie ihm. Als ich sie allen gewaschen hatte, setzte ich mich wieder und sprach: Ihr nennt mich Meister und Herr, und mit Recht. Was euch euer Herr und Meister getan hat, das sollt ihr euch auch untereinander tun. Ich habe euch ein Beispiel gegeben.

Als nun die Stunde gekommen war, nahm ich das Brot, dankte, brach es, gab es ihnen und sprach: Nehmt und esst, das ist mein Leib, der für euch hingegeben wird. Desgleichen nahm ich auch den Kelch mit dem Wein, dankte und sprach: Dies ist mein Blut, das für euch vergossen wird; nehmt und trinkt, das ist der neue Bund! Tut dies, sooft ihr es tut, zu meinem Gedächtnis.

Als ich das gesagt hatte, wurde ich betrübt. Sie bemerkten es und fragten mich, warum? Ich antwortete: Einer von euch wird mich verraten! Da sahen sie sich an und fragten sich, von wem ich redete. Einer nach dem andern fragte mich: Bin ich's? Johannes, der Jünger, den ich liebte, der an meiner Brust lag, fragte mich: Wer ist's? Ich antwortete: Der ist es, dem ich den Bissen in die Schüssel tauche und dem ich ihn gebe! Und ich nahm einen Bissen, tauchte ihn ein und gab ihn Judas, dem Sohn des Simon Iskariot. Ich sagte: Es muss zwar geschehen, wie es geschieht, aber wehe dem Menschen, durch den es geschieht. Es wäre besser für ihn, dass er nicht geboren wäre! Und zu ihm sagte ich: Was du tun musst, tue bald! Nachdem er den Bissen gegessen hatte, ging er hinaus. Es war Nacht.

XXVII

Nach dem Mahl, als wir zum Ölberg hinübergingen, sprach ich zu den Jüngern: In dieser Nacht noch werdet ihr Ärgernis nehmen an mir! Petrus antwortete: Auch wenn sie alle Ärgernis nehmen, ich nicht! Aber ich sagte zu ihm: Noch ehe der Hahn kräht, wirst du mich dreimal verleugnen! Petrus entgegnete: Und wenn ich mit dir sterben müsste, ich werde dich nicht verleugnen! Das sagten die anderen auch.

Während wir dies redeten, gingen wir über den Bach Kidron in den Garten hinüber, in dem ich mich oft mit meinen Jüngern versammelte, der Gethsemane heißt. Dort hieß ich die Jünger sich setzen. Nur Petrus, Jakobus und Johannes nahm ich mit mir, ich ging ein wenig abseits, um zu beten. Ihnen sagte ich: Meine Seele ist zu Tode betrübt; bleibt hier, und wacht mit mir! Allein ging ich noch weiter beiseite. Dort warf ich mich zu

Boden, auf mein Gesicht; ich betete und sprach: Vater, ich bitte dich, wenn es möglich ist, lass diesen Kelch an mir vorübergehn. Aber nicht mein Wille, sondern dein Wille geschehe!

Als ich zu den drei Jüngern zurückkam, fand ich sie schlafend. Ich weckte sie und sagte: Nicht einmal eine Stunde könnt ihr mit mir wachen? Wacht und betet, auf dass ihr nicht in Versuchung geratet. Euer Geist ist willig, doch das Fleisch ist schwach! Und ich entfernte mich wieder von ihnen. Wieder betete ich: Vater, wenn es möglich ist, lass diesen Kelch an mir vorübergehen, ohne dass ich ihn austrinke. Aber nicht mein Wille, sondern dein Wille geschehe! Als ich zurückkam, fand ich die drei abermals schlafend. Und dies noch ein drittes Mal. Ihre Augen waren voll Schlaf. Ich sprach zu ihnen: Ach, ihr wollt weiter schlafen? Steht auf, lasst uns gehen, die Stunde ist gekommen, seht, er ist da, der mich verrät!

Und als ich noch redete, kam Judas schon auf mich zu, mit ihm eine Schar von Soldaten und Knechten der Hohepriester und Pharisäer, mit Fackeln und Lampen und mit Schwertern und

Stangen. Der Verräter hatte ein Zeichen mit ihnen ausgemacht: Den ich küsse, der ist's, den ergreift! Sogleich trat er vor mich hin; er sprach: Sei gegrüßt, Meister!, und küsste mich. Ich fragte: Dazu bist du gekommen, mein Freund? Aber da legten sie Hand an mich und ergriffen mich.

Einer der Jünger jedoch, die bei mir waren, zog sein Schwert, schlug damit nach einem der Knechte und hieb ihm ein Ohr ab. Ich sagte zu ihm: Stecke dein Schwert weg; denn wer das Schwert führt, wird durch das Schwert umkommen! Und zu der Schar meiner Häscher sagte ich: Wie gegen einen Räuber seid ihr gegen mich ausgezogen, mit Schwertern und Stangen, dabei habe ich täglich in euren Tempeln gelehrt! Da packten sie mich und brachten mich weg.

XXVIII

Die mich ergriffen hatten, führten mich noch in derselben Nacht zu Kaiphas, dem Hohepriester, wo die Schriftgelehrten und Ältesten sich versammelt hatten und auf uns warteten. Petrus folgte uns von ferne bis zum Palast, er ging mit hinein in den Hof und setzte sich an den Rand zu den Knechten, er wollte sehen, worauf es hinausging.

Die versammelten Hohepriester und der ganze Hohe Rat suchten nach falschem Zeugnis gegen mich, damit sie mich töten könnten. Doch obwohl viele falschen Zeugen gegen mich auftraten, fanden sie nichts. Zuletzt traten zwei vor, die bezeugten: Er hat gesagt: Ich kann den Tempel Gottes abreißen und in drei Tagen wieder aufbauen; wir haben es gehört! Da stand Kaiphas, der Hohepriester, auf und fragte mich: Was antwortest du ihnen? Aber ich antwortete nichts. Und der Hohepriester sprach: Ich beschwöre dich beim lebendigen Gott, sag uns, ob du Christus bist, der Sohn Gottes? Ich gab zur Antwort: Du sagst es!

Da zerriss der Hohepriester sein Gewand und rief: Er hat Gott gelästert; was bedürfen wir weiterer Zeugen! Ihr habt es gehört; was ist euer Urteil? Sie antworteten einstimmig: Er ist des Todes schuldig! Und sie spien mir ins Gesicht und schlugen mich mit Fäusten. Einige schlugen mich sogar gegen den Kopf, sie höhnten: Wenn du der Sohn Gottes bist, weissage uns, Christus, wer es war, der dich schlug!

Als Judas, der mich verraten hatte, das sah und sah, dass ich zum Tode verurteilt war, bereute er seine Tat. Er brachte die dreißig Silberlinge, die er dafür erhalten hatte, vor den Hohen Rat zurück und sagte: Ich habe Unrecht getan; ich habe unschuldiges Blut verraten. Sie aber sprachen: Was geht uns das an? Sieh selber zu! Da warf er die Silberlinge vor ihre Füße und ging fort. Die Hohepriester aber hoben sie auf und sprachen: Es ist Blutgeld, wir wollen einen Acker dafür kaufen, zum Begräbnis von Fremden.

Petrus saß da und beobachtete alles, aber er konnte nichts tun. Eine Magd trat zu ihm und sprach: Auch du warst mit ihm! Er leugnete es aber und sagte: Ich weiß nicht, wovon du sprichst! Und er ging von ihr weg. Da sah ihn eine andere und sagte zu denen, die dort standen: Dieser war auch mit ihm! Er leugnete es wieder, er sagte: Ich kenne den Menschen nicht! Andere traten hinzu und sprachen: Wahrhaftig, du bist auch einer von ihnen; deine Sprache verrät dich! Da begann er, zu fluchen und zu schwören. Und alsbald krähte der Hahn.

XXIX

Am Morgen hielten die Hohepriester mit den Ältesten und Schriftgelehrten und allen Höchsten noch einmal Rat und fassten Beschluss, mich hinzurichten. Sie banden mir die Hände, führten mich ab und brachten mich zu Pilatus, dem römischen Statthalter, und der Statthalter fragte sie: Was für eine Klage bringt ihr gegen diesen Menschen vor? Sie sagten: Er hat sich selbst zu Gottes Sohn gemacht! Und noch anderes klagten sie. Pilatus hörte sich alles an, dann sprach er: So nehmt ihn mit und richtet ihn nach eurem Gesetz! Sie aber sagten: Wir dürfen niemanden töten.

Da sprach Pilatus mich an und fragte: Bist du der König der Juden? Und ich fragte zurück: Fragst du das von dir aus, oder haben es dir andere eingesagt? Er antwortete: Bin ich denn Jude? Die Hohepriester deines Volkes haben dich mir überantwortet! Und er fragte wieder: Bist du der

König der Juden? Ich antwortete: Mein Reich ist nicht von dieser Welt! Darauf fragte er mich: So bist du dennoch ein König? Ich antwortete: Du sagst es. Ich bin der König der Wahrheit! Worauf er fragte: Was ist das, die Wahrheit?

Und er wandte sich wieder an die, die mich zu ihm gebracht hatten, und sagte: Ich finde keine Schuld an ihm! Es war aber üblich, dass er dem Volk zum Passafest einen Gefangenen freigab, denjenigen, um den sie ihn baten. Ein Gefangener war besonders berüchtigt, er hieß Jesus Barabbas, ein Aufrührer und Mörder. Pilatus fragte die Versammelten: Wen wollt ihr, welchen soll ich euch freigeben, Jesus Barabbas oder Jesus, der von sich sagt, er sei Christus? Er hatte erkannt, dass sie mich ihm nur aus Neid überstellt hatten. Aber die Hohepriester und Ältesten hetzten die Menge auf, dass sie um Barabbas bitten, mich aber preisgeben sollten. Und Pilatus fragte nun alle: Welchen wollt ihr; wen von den beiden soll ich euch freigeben? Sie riefen: Barabbas! Und er fragte sie wieder: Und was ist mit ihm? Was soll ich mit ihm tun? Sie schrien: Kreuzige ihn! Er aber sagte: Er hat nichts Böses getan! Aber sie schrien noch lauter: Kreuzige ihn!

Als Pilatus sah, dass er nichts ausrichten konnte, sondern die Unruhe im Volk nur immer größer wurde, trat er ein wenig zur Seite, an ein Wasserbecken, und sprach: Ich wasche meine Hände in Unschuld. Seht ihr selber zu! Und er gab ihnen Barabbas frei; mich aber überließ er ihnen, auf dass sie mich kreuzigten.

Die Soldaten ergriffen mich, stießen mich, zogen mich aus und legten mir einen purpurnen Mantel an. Aus Dornen flochten sie eine Krone, die setzten sie mir auf die Stirn; in die rechte Hand gaben sie mir einen Stab. Dann beugten sie ihr Knie vor mir und verspotteten mich; sie riefen: Gegrüßt seist du, König der Juden! Nur Pilatus sagte: Seht, ein Mensch! Sie aber höhnten wieder: Sei gegrüßt, du König der Juden! Sie spien mir ins Gesicht. Sie nahmen mir das Rohr aus der Hand und schlugen mich damit auf den Kopf. Dann luden sie mir das Kreuz auf die Schultern. Klaglos nahm ich alles hin. Aber in mir schrie es: Vater, Vater, warum hast du mich verlassen?

MIX
Papier aus verantwortungsvollen Quellen
FSC® C014496
FSC
www.fsc.org

Originalausgabe
1. Auflage 2013
© by Arche Literatur Verlag AG, Zürich-Hamburg, 2013
Alle Rechte vorbehalten
Umschlag: www.b3k-design.de,
Andrea Schneider und Max Bartholl
Druck und Bindung: GGP Media GmbH, Pößneck
Printed in Germany 2013
ISBN 978-3-7160-2694-6

www.arche-verlag.com